ゆきつ もどりつ

中武千佐子 エッセイ集

鉱脈社

目次

中武千佐子エッセイ集　ゆきつ　もどりつ

一、世界を見る

一、世界を見る――――9
茶摘み……11
唱歌にみる春への憧れ……15
年賀状に思う……19
辛いときの仏様だのみ……24
おひとり様一本で……27
クレーム……31
世界を見る……35
街頭募金……39
一年忌……44
目の前から消したい……48
俺の代で終わりか……53
エキサイティングな一日……58

一瞬ドキッ …… 63
端っこ …… 66
あたりまえ …… 69

二、朝のひとこま —— 73

早朝の異変 …… 75
迎え火 …… 80
通夜の席で …… 84
一石何鳥? …… 88
ビーロ …… 92
進化と省エネ …… 97
ことばあれこれ …… 100
朝のひとこま …… 105

こだわり……109
考えすぎか……112
「潮音」……116
チラシの行方……121
届けたい……126
韓国歴史ドラマ……130
みやこんじょうのばあちゃん……133

三、あわや万引き

三、あわや万引き――139
夏の始まり（出題 夏）……141
無人島に持っていく本（出題 私の一冊）……145
跳び越したい（出題 失敗に学ぶ）……149
間違い（自由題）……153

現実と想像の狭間で（出題　思い出の人）……157
今はまだ秋（出題　秋）……162
店長と私（自由題）……166
あわや万引き……169
小さな一歩……172
学ぶ楽しさ……175
郵便物投函事情……179
指　輪……184
文　通……188
梅干しといっても……192
十日間で五十二話……197
地域の中で……201
あとがき……207

ゆきつ　もどりつ

一、世界を見る

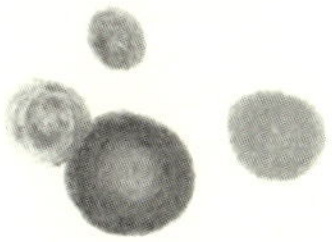

茶摘み

「夏も近づく八十八夜」という歌い出しの「茶摘」。これは手遊び唄として全国的に知られる。私は小学生の時に覚えた。殆どの人がそうだと思うが、歌詞の意味など知らず、いや知ろうともせずにただ歌い、手合わせをしていた。そのうちに八十八夜というのは、立春から数えて八十八日目で、例年五月初めになることを知り、そしてその頃が茶摘みの時期だということも分かってきた。

茶摘みというと母を思い出す。四月末から五月の連休がやってくると、私は、大学から帰省していた。すると必ず茶摘みに駆り出されるのである。

家は祖父母の代から受け継いだもので、父は、祖父と同じく小学校に勤めていたので畑は人に貸していた。家から歩いて三十分ほどのところに、畑の境界としてお茶の木が植えてあった。そこで摘むのだが、初めは要領が分からず尋ねると、親指と人差し指を使って伸びている新芽の部分を摘み取る、と教えられた。一芯三葉が普通らしい。

最近、大規模な茶畑では、機械で摘み取って、いや刈り取っているようだが、どのくらいのところから摘んでいることになるのだろうと思ってしまう。

直径五十センチほどの籠に摘み取り、持ち帰った茶葉は、直径一メートルほどの鉄製の平釜に入れ、強火で煎る。パチパチと音を立てる葉を、母は釜を抱くようにして腰かけ、団扇でほぐしていた。茶葉がしんなりしてくると取り出し、粗熱を取ってから筵の上で揉む。茶葉には縒りが掛かり、団子状になる。すると両手で掬い上げ、ほぐす。釜の方は、その間に少し火を弱くしておく。

暫くすると揉んだ茶葉はまた釜に戻し煎る。湿っていたものが徐々に乾いてくる。と書くと簡単そうだが、火力を落としたとはいえ、釜の下には火が燃えている。母は、日本手ぬぐいで姉さんかぶりをし、首にはタオルをかけていた。湯気の上がる中で額から滴り落ちる汗をぬぐう。顔は真っ赤だ。見ているだけの私だったが、大変な仕事だなあと思った。

五、六回の揉む作業が終わり、仕上げの時は、釜の下にはわずかなおきりが残っているだけ。いわゆる余熱を利用しての作業だ。これは、釜肌に茶葉をなでつける気持ちで行うのがいいと聞かされた。

摘んできた籠いっぱいの茶葉が「お茶」になると、わずか一握りになることを知り、驚き、お茶の価格の高いことに納得したのだった。母は、乾燥したものの香りを確かめ、お茶缶に入れ、後日惜しげもなく関東方面の親戚に送っていた。

最近「お茶」と言えば、ペットボトルに入っているものと思っている子供たちがいるそうである。聞くと家に急須がなく、したがってお茶を入れることもないとか。それだけだからでもないだろうが、このところ地元の小中学校では、茶摘みをし、釜炒り茶にしてお茶の入れ方を学ぶといった一連の学習があちこちで行われていると報じられている。

「茶摘」は、音楽教材として残っている。こちらも是非、その作業と共に引き継いでいってほしいものである。私は自家製の「お茶」を作ることは無理なので、孫に歌い継いでいく方に力を注ごう。

唱歌にみる春への憧れ

真冬でも抜けるような青空の日が続き、太陽の光を充分受ける宮崎では、季節としての春を待ち望む気持ち、春への憧れ、というものはなかなか抱けない。一方、一年の半分が冬だという北海道の人にとっては、「春」という言葉そのものが憧れとなり得るらしい。渡辺淳一著『北国通信』を読むと、「いつもコートを着て、長靴を履き、身体を縮めて雪道を歩かなければならない。長い半年の冬が来る」とある。さらに読み進んでいくと、春を待ち望む気持ちは、私の想像以上のものとして書かれていた。宮崎に住む私としては、申し訳ない気持ちになっていった。

さて、コーラスを楽しんでいる私だが、新曲の場合は勿論、馴染みの唱歌、童謡を歌う時も、作詩者、作曲家、そして歌詞や曲に込められた思いを、パソコンに向かったり、図書館に出かけたりして調べる。

「春は名のみの風の寒さや……」

これは「早春賦」の歌い出しの部分だ。三番までの歌詞を読み、作詩者、吉丸一昌は北国の人かと思っていたが、大分県臼杵市出身だった。明治六年生まれで、東京帝国大学を卒業後、『尋常小学唱歌』の作詩と編纂に関わっている。「早春賦」は、長野県の安曇野を訪れた時に見た雪解け風景を詩にしたといわれるが、暖かな日差しの春を待つというだけの歌ではないことを知った。

吉丸の父は下級武士で、文明開化の波が押し寄せるなか、苦労の多い生活をする。一昌は、苦学の末、国学者として名を成した。

「早春賦」は、「今はまだ名のみの春だが、きっといつかは自由で晴れやかな本当の春がやってくる。それを信じ、困難に立ち向かい乗り越えた時こそ、春は巡ってくる」という想いが詰まった詩なのだ。改めて、風景描写のみでなく、生き方の決意のほどが歌われているのだと思った。それを思いながら歌うと、今迄とは違った歌い方になった気がした。

この曲の作曲者は、「夏の思い出」「雪の降る町を」などを手掛けた中田喜直の父である中田章だ。「早春賦」は歌ってみると分かるが、低い音から始まり、一気に高いところまで駆け上がる。これは「知床旅情」や、モーツアルトの「春への憧れ」にも見られ、暖かい春への期待が込められている作りだ。

一つの唱歌には、作詩者、そして作曲者の想いが込められているという事実。これは、この曲だけに限らず、それぞれにその思いが見られる。それらが日本人に共感を得るものであり、いつまでも歌い継がれていく所以だろう。

思い付くままに、春への憧れ、春が来たことを喜ぶ歌を挙げてみよう。

――どこかで「春」が生《うま》れてる……

――春が来た　春が来た　どこに来た……

――春よ来い早く来い、歩き始めたみいちゃんが……

――ウメノ　小枝デ、ウグイスハ　春ガ、来タヨト　ウタイマス……

四季のはっきりしているといわれる日本、程度の差はあっても、南北を問わず、春を待つ心は同じなのだ。

年賀状に思う

郵政民営化の煽りなのか、お年玉付年賀葉書の当選番号発表の日が遅くなった。が、ようやく今日テレビで知らされた。やっとその日が来たので、私は、今年届いた年賀状を取り出した。

我が家では、届いたものを、ア行、カ行というように五十音順に輪ゴムでまとめておく。私は先ず、下二桁の切手シートの当たり番号から調べていった。数枚が当たっているようだ。それから、当たっているはずはないと一方では思いながらも、一縷の望みを抱いて一等までさかのぼった。やっぱり予想通り当たりはなかった。

そういえば昨年、一人で各等に当たった人が新聞で紹介されていたなあと羨ましく思い出したりした。結局今年は、切手シート十枚が当たりということだった。当たりの葉書は後日郵便局に持っていくので、別にしておく。

それが終わると、私は、改めて年賀状の整理に取り掛かる。初めに、写真付きのものを選り分ける。それは写っている人達の姿をゆっくり見るのが楽しみだからだ。

毎年写真付きで送ってくれる人が数名いる。Ａさんもその一人で、知り合ったのは宮崎市内の小学校だった。同僚として数年を共に過ごした。

親しくなったのは、同学年を担当した時だった。その年は、彼女を含む女教師四人で一年生を担当した。教師になって初めての一年担任に戸惑った彼女は、学習指導の事、生活指導などのことを尋ねてきた。それは、自宅にまで及ぶこともあった。彼女は学級経営、指導に熱心だった。私としては教師を続けて欲しかったが、同郷の人と縁があり、寿退職で大阪へ引っ越していった。

平成二年、長男誕生で届いた年賀状には彼女の幸せそうな姿もあった。それ以来、彼女からの年賀状は家族写真の形で届き、添え書きも必ずある。私はアルバム風に並べているのだが、家族も四人になり、一年間の変化が見られてすごく楽しい。彼女は今や二人の息子に背丈で追い越され、一番小さく可愛い。今後の二人の成長を親のような、いや祖母のような気持ちで毎年楽しみに待っている。他にも同じような人達がいるのだが、そのほとんどが子供たちだけの写真である。私としては親の姿も見たい気がするのだが、贅沢だろうか。

我が家から出すもので写真付きを用意したのは四回。一回目は、パリのノートルダム寺院での夫とのツーショットだ。二、三回目は孫の七五三、私も写っている。

そして今年は、イタリアでのツーショットだった。枚数は限られていて、相手を選ぶ。ツーショットのものを貰っても困る人だっているだろう。このように元気でいますよ、ということを表したいのだが、嫌味になりはしないかとちょっと気を遣う。

写真付き以外で保存用に回るのは、一口で言えば、手作りのもので、版画、描画、書などである。これ等には心がこもっている気がするのだ。

私が作る年賀状も相手が取っておいてくれるものに出来るといいのだが、宛名は筆書き、添え書きはボールペン、後はパソコン仕立てである。保存を期待するのはちょっと無理かなあ。自分はやらずに人に期待するなんて、という声が聞こえてきそうだ。

私は、年賀状をあげた人は住所録の氏名欄に◯印をつける。そしてもらった人の分はチェックして◯に色を塗る。

ところが、一月十日過ぎても白丸のままのところがある。中には前年度分も真っ白のままという人もいる。それは、私の小中学生時代の恩師であったり、元同僚であったりする。いずれも高齢の方なので、返信がないと心配だ。特にお世話になった先生の場合は、自分で市内の自宅付近まで行き、ご近所で消息を尋ねたこともあるが、結局分からないままで確かめる勇気もなく過ぎている。

最近、「年賀状は今年までにしたいと思います。長い間ありがとうございました」というものを目にするようになった。高齢になってくると、準備から大変な思いをすることになるのだろう。年賀状は年に一回の安否確認だったりもするが、これも他人ごとではなくなる時期が必ずやって来る。

年賀状の整理をしながら、色々な方々の顔が浮かんだ。

辛いときの仏様だのみ

我が家には父から受け継いだ仏壇があり、その中に先祖の位牌の入った、くりだしと呼ばれるものがある。年に一回、お盆には全てを出し、戒名が見えるようにして並べる。命が繋がっていると実感できるひとときだ。

普段の仏様との関わり方は、朝、御飯とお茶を供え、今日も一日お守りくださいという気持ちで手を合わせることだった。また、山や畑で収穫した初物や頂き物を供えて、その喜びを分かち合ったりする。時には先祖様にはいい迷惑だろうなと思いながらも、宝くじや投稿文掲載を願って原稿などを預けたりもしていた。

ところが最近は、気が付くと朝に夕に仏前に座り、手を合わせている私がいる。それは、夫の入院がきっかけだった。わたしは、病院での面会終了時間ギリギリまでいて「また明日来るね」と車に乗り込むと今まで以上に気を付けて運転し、家へ帰る。坂を上り右折すると、我が家が大きな黒い影となって迫って来る。私は、夫が退職してから、一人で夜を過ごすという体験は皆無に近かった。だから灯りの付いていない家に入るという事はなかった。

初めての夜は、玄関ドアの鍵穴に合わせて開けるという動作すらなかなかできなかった。そおっとドアを開けて、その暗さに目を慣れさせてから、ゆっくり靴を脱いだ。緊張しながらリビングの灯りのスイッチをいれ、見廻してから、次の動作に移った。

今は少しではあるが慣れてきて、順序を振り返る余裕が出てきた。車が玄関に着くと、センサーが感知して、駐車場と玄関扉の上の明かりが点く。私は、玄関に入ると一階の全ての部屋の灯りをつけて回った。トイレ、お風呂場は、戸を開けて中を確かめる。中から誰か出て来ても何の抵抗も出来ないが、やらずにはおれなかった。怖かったのだ。一階が済むと二階だ。灯りでガラス戸の鍵を確認する。それが終わってやっと仏様の前に座る。

朝は、出がけの忙しさにかまけて中腰のまま拝むという日もあったが、夜はローソクを灯し、お線香をあげ、鈴をならし、と一通りのことをする。手を合わせると「今日一日何事もなく過ぎました。ありがとうございました」と、感謝の言葉が口をついて出る。

今までは口には出さず、胸の内で語り掛けていたのに、気が付くと声に出すようになっていた。夫に先立たれては困る。心の準備もない。一人でどうやっていけというの。考え始めると悪い方へ悪い方へと進んでいく。

そこで、一日を振り返り、両親へ、そして先祖様に報告し、夫の無事回復を祈り、お願いをするという事は入院のあいだ中、欠かさず続いた。

今までの対し方と確かに違ってきた。表面だけではなく、心の底から願う。けっして信心深い私ではないのだが、夫が退院してからもお礼の言葉を述べ、先祖様頼みの日々が続く。

おひとり様一本で

毎朝、新聞と一緒に多くの広告が届く。その中にスーパーの卵のパックや、カップ麺などの買える数に限りがあることがうたってあることがよくある。販売の総数に限りがあることを示すもの、一家族当たりの購入数を限定しているものもある。おひとり様一パックなどというのも見かける。それが表示されてないと、家族がそれぞれに好きなだけ買い、一家族が買い占めることになりかねないのだろう。

私自身、一旦会計を済ませて車に積み、再び店内に戻り、別レジに並んだ経験がある。店側としては、より多くの客に喜んでもらいたい、リピーターを呼び込みたいという思惑があるのだろうに。

先日嫁が、孫の宮崎での中学入試付き添いを終え、埼玉に戻るのを見送るため、空港の二階、搭乗入り口近くの椅子に掛けていた。そこに二人の女性が近づいてきた。畑からそのまま来たような防寒用ジャンパーを着て、モンペのようなズボン姿。足元を見ると、運動靴で荷物らしいものはなく、どう見ても旅行者には見えなかった。目線が合った。すると、

「あのぉ、焼酎『百年の孤独』を買ってもらえませんか」

私は咄嗟には事情が呑み込めなかった。この人が旅行客らしい人に売り込もうというのだろうか。それとも空港内のどこかで買えないかと尋ねているのだろうか。私は後者の方だと判断した。しかし「百年の孤独」は、酒屋に注文してもなかなか手に入らないと聞いていたので、

「ここでは買えないと思いますけど」

と言った。その言葉が終わらないうちに、

「いや、あっちで売っているんですが、一人一本しか買えないんです。それで

もっと欲しいので買ってもらえないかと思って……」差し出した手元を見ると、一万円札が握られていた。

私は、夫と孫に荷物の番を頼み、嫁と一緒に三人でその店に向かった。途中で「そこで待っていてください」と言い置き、売り場へ行く。

アルコール類を扱っているそこには、色とりどりのラベル、様々な形をした銘柄の瓶があったが、我が家で見ている箱入りの「百年の孤独」が目に留まらない。目をあちこち移していると、

「お母さん、あそこにありますよ」

と嫁が指すところは、レジスターのある台の上。スタッフが二人「お探し物はこれでしょう」と言わんばかりの笑顔だ。

嫁と私、それぞれ一本ずつ受け取り一万円札を出した。一本が二九五〇円だった。嫁が言う。「東京なら一万円をこしますよ」。なんだか欲しそうな顔つきと声色だった。

依頼主の待つところに戻り、渡すと、「ありがとうございました」の言葉と共に「これだけでも受け取ってください」とお釣りの中から一〇〇円を握らせようとするので、慌てて「いりませんよ」と押し返した。

夫の待つところへ戻り事情を説明すると、

「そりゃぁ買い占めて帰って高くで売りさばくんじゃないか。お前たちは片棒担がされたんじゃわ」

と、思いがけないことを言った。

急に顔がこわばるのが分かった。私は頼まれて、良いことをしたつもりだったが、もしかして悪事を働いたのだろうか。

後味悪く、埼玉に帰る二人を見送ることになってしまった。

クレーム

「県内の食品製造業や農業生産法人の担当者のクレームへの対応を学ぶセミナーが開かれた」という新聞記事を目にして、私には思い出す一つの出来事がある。

佐賀県の神埼市に「九年庵」と呼ばれている邸宅と日本庭園がある。元々は大正九年に邸宅の一部に設けられた茶室を指していたという。今は佐賀県が管理して十一月の紅葉の時期に九日間だけ一般公開されている場所だ。そこにバスツアーで行った時のことだ。素晴らしい紅葉に目を見張り、あかというのにこれほど種類があるとはと思いながら堪能した。

その後、お決まりの土産物屋へ立ち寄る。その店は粕漬で有名だった。店内には、数種の野菜の粕漬、そして貝柱、鯨の軟骨の粕漬と、選ぶのを迷うほどのものが並んでいた。私は、珍しいので軟骨のものを買い求めて帰った。

でも帰って早速包装を解いて「えーっ？」と声を上げた。プラスティック製の四角いざるの中には、ダンボールを四角に切った分厚い紙が敷いてあった。いわゆる上げ底だ。出て来た物は、期待していたものとはあまりにもかけ離れていた。それは、ビニール袋に入り、ざるに合わせた形におり曲げてあり、薄っぺらだった。

味は期待以上であったが、なにか騙された気分だ。箱一杯に詰まっていると勝手に思ったのが間違いだろうか。よく見ると、葉書状のアンケート用紙が入っていた。それには、アンケートに答えて送ると、レンコンの粕漬をお送りしますという趣旨のことが書かれていた。

私は、味は良かったが、容器のことで上げ底になっていてがっかりしたことなど感じたとおりのことを書いて投函した。実質苦言を呈したので、レンコンの粕漬は望めないかとも思った。一週間ほどは待っていたが、そのうちに忘れてしまっていた。

さらに二週間過ぎた頃、夫に「やっぱり嫌なことを書かれたので送ってこないのかなあ」というと、「それはないじゃろう、意見を聞きたい訳だから」という一言が返って来た。

それからさらに数日が経った。外出から帰ってみると、ポストに小さな封筒があった。差出人は唐津市佐志中通り……。あ、あの店だ。早速開けてみる。レンコンの粕漬が入っていた。それだけではなく、一筆箋に手書きの文字が見える。

「この度は貴重なご意見を頂きまして誠にありがとうございました」と先ずあって、私の指摘に対する向こうの考えが述べてあった。最後に、容器については今後検討していきたいと結んであったので、早速お礼状を出した。

私は以前、通信販売を利用した時、返品を申し出たことがある。そのとき、何となく後ろめたさを感じたものだが、応対者に明るく親切に接してもらえ、ほっとし、救われた気分がした。一方対応が悪いと、もう二度とその店から買おうという気にはならない。

今回のことは、相手側にすると、思いがけないことだったかもしれない。それだからこそ対応に気を遣われたのだろう。いや、宮崎と同じようにクレームの対応を学ぶ機会が持たれていると思いたい。

送って来たレンコンの粕漬をいただきながら、私は通信販売部行という葉書の注文票に目をやった。ニンジンも、貝柱も、はたまた数の子、大根も食べたいなあ。

世界を見る

「第二十七回小村寿太郎候顕彰弁論大会」が十月十日、日南市の小村記念館で開かれた。これは、国際理解・国際協力のための高校生を対象にした主張コンクールというものだ。私は機会を得て、初めて聞きに行った。

三月末、宮崎日日新聞の投稿欄に「地雷ゼロを願う」という文が載っていた。それは五ヶ瀬中等教育学校、三年生女子生徒のもので、そこには地雷について学校で学習したことが述べられている。地雷の形や、完全に撤去されるには千年かかることなど。それを通して、「私達は世界の動きを見守らなければならない」と結ばれていた。私は、三カ月ほど経って、私の属する市民団体「地雷ゼロ宮崎」が行った、カンボジア研修ツアーの報告書などの資料を彼女に送った。

すると、それからさらに数カ月して「コンクールに応募したら発表者に選ばれました。もし都合がついたら、十月十日、聞きに来てください」という電話が入った。そして、その日、夫と二人で出かけたのである。

当日、九十四名の応募者の中から十名が選ばれて発表することになった、という経緯を知った。会場は胸に飫肥中の刺繍を入れた生徒八十名ほどが席を埋めていた。あとは引率の先生、保護者、他に報道関係者と思われる人の姿もあった。彼女の発表順は二番目。面識はないが、発表順の席に着いた彼女の姿を見守りながら、中央後部の席で待つ。

いよいよ始まった。後ろ姿しか見えないので、彼女の緊張ぶりは分からないのに、なぜか私がドキドキする。順番が来て彼女が登壇した。落ち着いてね、と心の中で祈る。彼女は静かな口調で会場に語り掛けるように話し始めた。

「地球に平和が訪れる日を目指して」という演題で、道徳の授業で地雷のことを知ったことに始まり、新聞を通じて知り合った私とのこと、さらにそれらを基盤にして、自分は何ができるかを考えたことなど、彼女は会場を見廻しながら話している。この会場内のどこかに私がいることを意識していたのだろう。

五人が終わったところで休憩に入ったので、彼女のところに行き、名乗り合った。弁論を終了していた彼女の顔には安堵感が見えた。

この会で目立ったことの一つは、発表者が全て女生徒だったという点である。地域を見ると、宮崎市六名、延岡市三名、都城市一名で、ご当地日南市はゼロだった。しかし、それ以上に私が気になったのは十名中、七名が海外に留学したり、親の仕事の関係で外国に居住したりした時のことをベースに論を展開していたことである。

確かにテーマは国際理解、国際協力だ。海外での経験を通じて感じたこと、考えたことを述べるのは当然かもしれない。しかし、そうでないと、国際理解は語れないのかと思ってしまう。もっと身近なところに目を向けてみては……と思いながら聞き終えた。

そういう意味で彼女の発表は「広がる世界は足元に」というようなことが論旨だったので結果発表に期待が持てた。しかし、最優秀賞、優秀賞の二名には届かなかった。

審査員講評の中で、「外国ではなく、宮崎を中心にすえて、数多い情報の中から自分はどうしようと思っているかを見つめて欲しい。また、自分が体験したことを発表の場でどう表現するか、借り物ではなく、咀嚼したものを期待したい」という言葉があり、私は大きく頷いていた。全体が終わって、彼女にねぎらいの言葉をかけ、別れた。

数日後、彼女に手紙を書いた。

「あなたの発表は足元から世界を見ようという視点で、素晴らしかったよ。きっと第三位だったと思います。次はゆっくりお話しできるといいですね」

街頭募金

師走の街では、今年も歳末助け合い募金などが始まった。団体名の入ったおそろいの法被を着た人や募金箱を持った人、さらには、旗や幟を手にした人たちがいる。

私が年三回の街頭募金に立ち始めて六年が経った。それまでは募金を呼びかけられる立場にいたが、一転してお願いする側に立つことになったのだった。

私が属しているボランティア団体は「地雷ゼロ宮崎」という。これは、神戸で活躍している「テラ・ルネサンス」という団体の代表、鬼丸昌也さんの講演会を宮崎で聞いて、ささやかでも同じ活動をしようと立ち上がった団体だ。私は、その活動内容に賛同して、すぐ、娘と前後して会員になった。

活動内容の一つに地雷撤去と被害者支援のための募金活動というのがある。それで年に三回、デパート前に立ち、通る人たちに募金を呼びかけている。

初年度、第一回目の時「地球から地雷をなくそう」という横断幕と募金箱を持って立った。その日は風もあまり強くなかった。しかし着込んで、ポケットにはカイロを入れていた。街ゆく人たちは普段よりは少し多いぐらいだったろう。そこで、横断歩道を渡ってくる人たちへ向かって「地雷廃絶のための募金活動を行っています。皆さんのご協力をよろしくお願いします」と大きな声で呼びかける。それに続いて「よろしくお願いします」と全員で声を揃え、頭を下げる。全員といっても六名ほどだったが。

先導者として声を出すのは、今までほかの団体でもやったことのある社会人や、大学生だった。私は全く声が出ない。「よろしくお願いします」というのも小さな声。周囲を見る勇気もなく、下を向いていた。悪いことをしている訳でもないのに、堂々とした態度が取れないでいた。そして、一時間経った頃、やっと落ち着いて周囲を観察できるようになった。

私が呼びかけられる立場の時は、前もってお金を手に握ったり、ポケットに入れてさっと出せるようにしたりしていた。今回よく見ていると、呼びかけに応じてそこに止まり、バッグやポケットから財布を出し、箱に近づき募金に応じてくれる人が多い。

一番多く足を止めてくれるのは、どう見ても年金生活者と思われる人達だった。歩行に杖が必要な人が、立ち止まり、募金しようとされる姿を見ると「すみません、ありがとうございます」と手を合わせたくなり、深く頭を下げた。

次は子供連れの人。子供にお金を託して、「入れておいで」と言い、それを見守るお父さん。または抱っこしている幼児に箱に入れるよう促したりしている。その子は目的が分かってやっているのではないと思うが、小学生ぐらいになると、「地雷って何?」と言う声が聞こえたりして、親子で話している姿もあった。

そして私が一番驚いたのは、私の思い込みだが、一番知らん顔をして素通りするだろうと思った人たちが寄って来てくれたことだった。それは、自転車の二人乗りをしていたり、数人でつるんで歩いたりしている若者だ。ピアスをし、ズボンのポケットからは何やら鎖が下がり、ジャラジャラと音がしている。その若者がポケットから百円、二百円を取り出し、箱に入れてくれた時は嬉しかった。外見で評価していた自分が恥ずかしく、申し訳ない思いだった。

街頭に立って学んだことがある。それは一人のおばあちゃんのやり方だった。一人の箱に入れるのではなく、小銭を少しずつ全ての箱に入れていた。私達の場合は、二時間立つのだが、やはり自分の箱に入れてもらえると嬉しい。この事を知ってから私もその方法にしている。

さらに、「募金に応じるには勇気がいる」と友人が言った。募金箱を持った人がずらっと並んでいる前を素通りするのも、寄って行くのもだという。立つ方としては威圧的にならないように心掛けなければと思う。

「あなたからの百円で、一メートル四方の地雷原が安全になります」

今年は先導して声が出せる私になっていた。

街ゆく人たちは、郊外に大型ショッピングセンターが出来てから確かに少なくなった。しかし、温かい心を持った人たちがいなくなった訳ではない。年に三回の募金活動ではあるが、その温かい気持ちと集まったお金は、毎年三月のスタディツアーの折に直接カンボジアに届けることになる。

師走の街を行き交う人々を見ながら、ポケットの中のカイロをそっと触った。

一年忌

　自分史講座で一緒だったKさんが亡くなって一年が経とうとしている。私は供花を用意し、夫の運転する車で、Kさんのお宅がある日向市東郷町に向かった。

　Kさんとの初めての出会いは、十年前、宮崎日日新聞のカルチャーセンターの自分史講座の折である。彼は十名ほどの受講生のなかの一人だった。私より十歳近く年上だったが、ベレー帽をかぶり、スタンドカラーのオレンジ色のシャツに黒ズボンという恰好でみえるおしゃれな人だった。

　講座では、自分が書いてきた文を読むのだったが、その回数を重ねるうちに、県議会議員を一期された経験の持ち主であることを知った。月に二回の講座には、自分で車を運転して参加されていて、殆ど無欠席だった。文章にはユーモアがあり、Kさんの作品を読むのはいつも楽しみだった。

Kさんの存命中、南郷百済の里に行く途中、道路沿いのKさん宅を探して、訪ねたことがあるが、この距離を宮崎までみえるのかとその熱意に驚いた。

講座が一年過ぎた頃、だれいうとなく、これまで書き溜めたものを本にしようという話になり、『わだち』が発刊された。そして、暫くすると卒業していく人が増えていった。しかし、受講生仲間の絆は強く、仲間の出版を記念したり、受賞を祝ったりと機会を作り集まっていた。その際にも、電車で来られ愉快な話を聞かせてもらった。

いつも遠いところを宮崎に来られるので、今回はこちらから泊りで行こうという計画が持ち上がり、私は一も二もなく賛成だった。すると、「お昼は我が家で」と言われたのだ。それが亡くなられる四カ月前のことだった。仲間八名がKさん宅にお邪魔して奥さん手作りのご馳走を頂いた。

講座の中でKさんが自分の文章の補足をされるときに、「わたしゃ養子じゃもんじゃから……」とニコニコしながらよく言われた。そんな時、「Kさん、養子、養子って言わないでください。私のとこもそうなんですから……」と笑い合ったが、なかなか素敵な奥さんだった。

翌日、馬ケ背を観光船から眺めた。その時の写真が残っているが、温和な人柄そのものの笑顔で収まっている。

Kさんとの思い出話をしながら走ること二時間、お宅に着いた。奥さんは玄関に立つ私の姿を見て、初めは誰かなあと訝しげに見ておられたが、思いがけない様子で目を丸くして歩み寄られた。

「突然ですみません、ご命日が近いですよね。お参りさせてください」

と、私は花を差し出した。以前伺った時には、仏壇を背にして私達を歓待してくださったKさん。それなのに今はそのお仏壇の中に、観光船の時の写真の人となっておられる。私は、お線香を立て、鈴を鳴らし、手を合わせていた。胸が詰まった。

小柄な奥さんは、お葬式のとき車椅子で、一段と小さく見え、声もかけられないほどの傷心ぶりが窺えた。今回は前かがみではあるが、ご自分で歩かれ、笑顔も見えて安心した。しかし、仏壇の観光船の写真を見ながら

「皆さんがここに来てくださったときは、体調がよかったんですが……」

と、涙をぬぐおうともせずに言われ、さらに

「宮崎の講座に通っていた頃が一番楽しかったらしく、帰るとよく皆さんのことを話してくれていました」

と続けられた。私は、Kさんの講座での話しぶりを思い出し、ポケットのハンカチをまさぐっていた。その後小半時、思い出話をして玄関を出た。

この間夫は、近くの広場で過ごしていた。既に廃校になった越表小学校もそこにあり、渡川という地名案内などもあったと聞いた。車に乗り込むと、ほっとすると同時にKさんのあの笑顔が浮かび、声が聴こえそうだった。

目の前から消したい

うちの台所の流し台や食卓周辺には、一年を通してあれこれ農作物が置いてあり、スッキリ片付くことがない。今の時期は豆類が終わり、筍、梅、ラッキョウ、キュウリ、ビワなどが所狭しと置いてある。これ等はすべて西都の実家の周囲の山や畑から持ち帰ったものだ。

先日梅ちぎりをすることにした。五本の梅の木の中には、既に黄色くなった実を落としているものもある。そこで一番多く実をつけている木から取ることに決めた。

十時半から始め、十二時になってもまだ一本が終わらず、シートの上に昼食のおにぎりを広げる。竹林を渡ってくる風は心地よく、私は、ひととき緑の中に身を委ねた。

その時、飛行機の爆音がした。見上げると、音よりもずいぶん先に機影が見え、二本の飛行機雲を残して進んでいる。私はこの情景が大好きだ。音がすると反射的に上を見てしまう。今日はこれで四機目だと思わず顔がほころぶ。

三十分ほど休憩して再開。終わったのは二時近かったろう。と思う間もなく、次にラッキョウを掘る夫の傍で鎌を使い、葉を落とす。その後の私は、キュウリの収穫とハウス内のトマトなどに灌水。夫は筍を取り、ビワをもぎ、やっと予定の仕事が済んだ。

が、夫にはまだ大変なことが残っている。それは、収穫を前にしたトウモロコシの周囲と上部に張ったネットの補修、そして、脅しのための仕掛けを掛け直すことだ。その日も三本、皮を剝いで柔らかな実を食べた跡があった。犯人は猿だ。まだちょっと早いかなあと人間様が収穫を見合わせているのに、横取りしていく。夫は、「猿との知恵比べじゃ」と言いながらも悔しそうだ。ネットをつかんでは入れまい。下からじゃないかと、這いつくばって地面近くを覗き込む夫。そして、「今、猿の奴も、どっからか見ちょっじやろ」

私は急に気になり、周囲を見回す。山椿、楠、ハゼなど、その他、名も知らぬ木の葉が風に揺れるたびに、その間から覗いているのではと目を凝らす。夫と猿との戦いは止むことがない。

私のたたかいは、宮崎の自宅に戻ってから始まる。その日の梅の収穫は五十キロ。粒も色も不揃いで、とてもスーパーに並ぶものとは比べられない。しかし、唯一の強みは、無農薬で自然に実をつけただけのものであるということ。ラッキョウは、まだ根が付いているので、それを切り落とす作業がある。筍は皮を剝ぎ、湯がく。ビワは袋から出す。

次の朝目が覚めると、何か甘い香りが二階にまで漂っている。思わず深呼吸したくなった。梅の実の匂いだ。その香りの中を降りて行き、朝食準備をした。朝食を済ますと、ラッキョウの置いてある別棟の倉庫に行く。こちらは独特な匂いだが、好きな人もいるようだ。夫と私は、早速一個一個上下を切り揃える。十一時半に八キロの作業が終わった。

梅やラッキョウを目の前から消すには、貰ってもらうしかない。私は収穫量がよく分からないので、上限二キロとしてコーラス仲間に注文を取っておいた。それを見ながら量って袋に入れ、名前を書いた付箋をつける。

午後からはいよいよ配達である。その日は、今の時季には珍しく暴風警報が出ていた。しかし、自宅の分かるところには届けておかないと、翌日の練習日に十五人分運ぶのは負担が大きい。梅、ラッキョウ両方欲しい人、片方だけの人を間違えないように配達する。事前に連絡をしないので、留守宅もある。おまけとして付けたビワや筍などがあるので、置く場所を考え、メモを添えて置く。

配達を終えて帰ると、前日、そして早朝からの作業で、疲れがピークとなる。でも私にとっては「貰ってくれる人がいい人」なのだ。こうしてひとまず目の前から収穫物は消えた。

しかし、今からのトマト、キュウリ、茗荷、ジャガイモ、柿、栗、ミカンを考えると、私のたたかいはいつまで、何年後まで続くのやらと怖くなる。夫も私も齢を重ね、車の運転にも自信がなくなるだろう。そして、梅、ビワ、柿、みかんなど高いところになるものを見上げる日が必ず来る。遠くない。

俺の代で終わりか

我が家の冷蔵庫の前面ドアにとめてある絵葉書の一枚には「倖せは気づいた時から始まる」と書いてある。娘のところの冷蔵庫にはもっと多くが貼ってある。

「頑張ったあなたのあしたもきっとちいさな倖せ」

「だいじょうぶ　自分を信じて」

「夢　きっといつか叶う」

娘はわが子が五年生の時に、一大決心をして会社を辞め、日本人の殆どいない町に住むことにしたと告げた。場所はオーストラリアのメルボルン。

私達は心配しながらも、娘の人生だからと応援することにした。そして、荷物や手紙を送った。その際、一緒に入れたのがこれらの絵葉書である。

私はこのようなメッセージを込めた絵葉書が大好きだ。絵は仏様を描いたもの、動物、風景と様々だが、絵より、そこに添えられた言葉に心和み、励まされるのである。

私が結婚に憧れていた頃、相手の気持ちを充分確かめもせずに、父に言った。

「ゆくゆくはあの人と結婚したい」

一瞬の間があって、

「嫁に行くということか」

「そう」

「中武家は俺の代で終わりか」

私はその時まで「家」というものを考えたことがなかった。盆正月ともなると叔父叔母やいとこが集い、楽しい時を過ごすことがあり、墓参りに行くことはあっても、家を継ぐなどという意識は毛頭なかったのである。いや、家を継ぐというのは、どういうことなのか皆目見当もつかなかった。

私は一人っ子として育ち、父が長男だったため、跡取り娘ということだったのである。二十代のその時は全然知らなかったが、四十歳近くになって、家を継ぐために養女として迎えられたことを知った。

ある夜父は、黒塗りの文箱を持って来て掛けてあった朱色のひもを解いた。中から出てきたのは、中武家の家系図だった。巻物だったが、途中に家紋についても書いてあり、遡ると藤原氏の出だという。

私は改めて自分の存在を思った。武士の世の中なら、男子がいないと、お家断絶などということもあった。しかし昭和の世、「家」、「家」と言う必要もないのにと思った。

暫く父の話を聞いていくうちに、私は婿養子を迎えて、中武という家を守る立場にいるのだなあと分かった。しかし、縛られるものではないとも考えた。「米糠三合あれば養子には行くな」という言葉もあるからか、結婚相手の周囲の人達は渋ったという話を結婚して数年後に聞かされた。しかし、何とか婿養子を迎えられた。彼は中武姓を名乗ってくれた。有難かったし、嬉しかった。

でも家を継ぐというのが何を意味するかが分かったのは、両親が亡くなってからである。土地家屋の相続だけでなく、行事の継承もある。墓参りに行くと「中武家の墓」となっている。家なんてと言いながらも結局、その流れの中で生活している。そして時折、冷蔵庫にとめてある「だれかがちゃんと見てるから」の言葉に目をやっている。

私が結婚して娘を出産、四年後に長男が生まれた。父は口には出さなかったが、中武の家もこれで安泰と思ったに違いない。

父の死後、長男のところに男の子が誕生した。その時息子が私に「よかったじゃろ、跡取りができて」と言った。私ははっとした。「そうだ、そうだよね、順調に行けば中武家はこれで次の次の代まで大丈夫なんだ」

私は仏壇の前に座った。

「お父さん、中武家はあなたの代で終わりじゃなかったよ」

エキサイティングな一日

宮崎の春は野球のキャンプで始まるといわれてきた。今年は、読売ジャイアンツが宮崎でキャンプを始めて五十周年になるという。しかし、野球にさしたる興味のない私は、キャンプも公式試合も、今まで一度も見に行ったことがない。ただ行こうかなあと思ったことが二度だけある。それは、西都市に野村克也監督率いるヤクルトスワローズが来た時と、王監督の福岡ソフトバンクの時だ。いずれも監督の姿を見たいということだった。一方、選手の方は、超有名な人以外は興味のない私である。

ところが今回は違った。何しろＷＢＣの面々なのだから。宮崎に一週間の滞在と知り、いつ、どういう方法でサンマリンスタジアム迄行くかを考え始めた。初日の月曜日、報道によるとバイパスの渋滞は尋常ではなかった。駐車場には三千台が停められるが、到底そこだけでは足りないという。公共交通機関のバスも渋滞の影響は受ける。すると、電車がスムーズに走るということになる。しかし、考えることは皆同じだろうから、はたして電車に乗れるどうか不安だった。

火曜日の夜、娘からメールが入った。

「明日、友だちとＷＢＣを見に行くので、双眼鏡を貸して」

夫が言った。

「一緒に連れて行ってもらえばいいが」

私は娘に頼んだ。返事はＯＫだった。

翌日、久しぶりに早起きし、清武経由でサンマリンスタジアムへ向かった。左手にバイパスが見える所まで来てびっくり。前夜テレビで見た渋滞の風景がそこにあったのだ。

ほどなく駐車場に入り、球場入口へ急ぐ。停めてある車のナンバープレートを見ると、九州各県はもちろんのこと、関西、関東方面も見える。選手のバスが到着する入口付近には、既にロープが張られ、周辺に二重三重の人垣が出来ていた。二階部分から見ようと階段を駆け上がったが、時すでに遅く、下の見える場所は人、人、ひと。そのわずかな隙間から選手の到着を見ようと一時間近く待つ。

暫くすると、キャーッという声がしたので下を覗くが、なにも見えない。後で聞いたところによると、イチロー選手が乗用車で到着した時だったという。ようやくバスが到着、大歓声の中、次々に選手が降り球場内へ消えて行った。残念ながら誰一人確認できなかった。

観覧席へ移動する。もちろんイチロー選手が守備に就くライト側の席だ。三人ならんで腰をおろし、改めて球場内を見廻す。整備されたグラウンドの芝生の一面の緑とピッチャーズマウンドの土の色、そのコントラストが鮮やかだ。観客席は階段状に並び、そこに大勢の人の姿があり、その威容に圧倒された。球場に来たのも初めてだったのだ。

見上げた空は曇り空で、冷たい風も吹いている。私は、防寒対策として、携帯用のカイロを持ち、フードのついたコートも着ていたが、プラスティック製の椅子の冷たさがこたえる。

選手が監督、コーチ陣と一緒にグラウンドに出てきた。ちょっと遅れてイチロー選手が駆け足で追いつく。ひときわ大きな拍手が起こり、球場が沸いた。「イ・チ・ロー」という声もかかる。それからの私は、双眼鏡を覗きっぱなし。「イチローだ、ダルビッシュよ、城島、青木、あ、マー君もいる」、とテンションは上がる一方だ。娘も覗き、「あ、ほんとだ」と言いつつ、異様なほどはしゃぐ母親に驚いたようだった。娘のお友達はさらにあきれたことだろう。

準備運動の後、キャッチボールが始まった。驚いたのは内外野手が初めは十メートルぐらい離れて投げるのだが、一方の選手が少しずつ後ろに下がって、二人の距離を広げていくというのを見ていた時だった。その中に際立って遠投をしている選手がいた。それがイチロー選手だった。彼は普通に投げて相手のグローブのところにキッチリ届いている。ところが、相手の選手は三歩ほどの助走をして、踏ん張りながら投げる。その姿は必死に見えた。イチロー選手のレーザービームはここから生まれたものだろうなあ。

その後、守備練習、打撃練習と次々に目の前に展開される様子を見ながら、プロ野球各球団のファンの日頃の応援ぶりを思い起こしていた。東京ドームの中継などを垣間見て、「日本は平和だよねえ」とか、「暇な人も多いもんじゃ」などと皮肉たっぷりな物言いをしていた私だったが、わずか三時間ほどの観戦で、超一流の技に感激し、その時、明日も来たいと思ったのだった。

後日、ＷＢＣの滞在期間中に二十四万人が球場を訪れたという報道があった。その中の一人は私だよと自慢げに言う私。ＷＢＣ本番はテレビで絶対応援するんだと今日も気合が入っている。

一瞬ドキッ

私は昼食をとろうとデパートのレストラン街に行った。あちこち見て廻ったが、「ミニラーメン、三百八十円」に魅かれてその店に入った。

注文してからの待ち時間に、私は十分ほど前の出来事を思い返していた。それは、外商課で入金して、領収書をもらう時のことだ。私の名前を書き終えた年配の女性社員が、

「中武さんって、よく新聞に投稿されてますよね」

と言ったのだ。

「えっ、興味がおありですか」

私は訳の分からないことを口走りながら、その社員の前に腰かけた時からの数

分間を慌てて振り返っていた。金を払いに来てやったというような横柄な態度ではなかったよねと。そして取り繕ったような笑顔をつくり、

「また読んでください。ありがとうございました」

と、頭を下げながら逃げるようにその場を離れたのだった。

振り返ってみると、今迄にも二、三回同じような経験をしている。黙って座っていれば分からないのに、カード提示の必要があって出したら、今回と同様に声を掛けられた。それは、市立図書館で本を借りる時もだったので、どんな本を選んでいたかと手元の本に目をやった記憶がある。

見ず知らずの人からこのような言葉を掛けられると、ドキッとする。声を掛けてきたその人が私にどのようなイメージを持っているのか分からないが、そのイメージを上げたい、また、壊したくないという気分が働くのだ。ただの見栄っ張りだろうか。

素人の私でさえこうだから、顔も名前も知られている有名人達は、その発言、

一挙手一投足が注目されるのだ。窮屈だろうなあと要らぬ心配をした。

ラーメンがきた。そういえばこの店でも以前カード提示して、同じようなことを言われたことがある。その時も今日と同じ三百八十円のラーメンだった。そして、支払う時にあの言葉を掛けられ、千円くらいのものにしとけばよかったと思ったのに、また三百八十円のラーメンだ。それだけ、味、量、価格に魅かれていたのだ。周囲には私のように一人だけで来ている人はいなかった。そんな中でトンコツ味の効いたラーメンは美味しかった。

ただあの言葉は、自分を振り返る機会にはなっているのだが、何回言われても慣れない。

端っこ

いつの頃からか、我が家でも節分に恵方巻という巻きずしを食べるようになった。いわれも知らないのに、世の中の動きに流され、安易に取り入れていた。今年の恵方は、南南東だというが、これも、ああそうなんだというぐらいのことである。

海苔巻きを丸かじりということのようだが、さすがにそれはしない。夫と二人なので、一本を六等分して皿に盛る。今迄何気なく食べていたが、今回改めてあることに気付いた。私は端っこが好きだということである。

レタス巻きではレタスがワーッとはみ出していて、見るからに食べにくそうである。しかし、そこに魅力がある。巻きずしだと、端っこから干ぴょうや卵焼きがニューッとはみ出している。これが儲かった気分になるから不思議だ。

振り返ってみると、豆腐を買う時にも、パックをあれこれ品定めして、硬そうな端の方を手にしている。カステラも羊羹も端っこの方がおいしく思える私だ。

私は十三年ほど前からあるコーラスグループに籍を置いている。初めはメゾソプラノということで、中央に位置するところにいた。練習の時、一列目は順番に指定席だが、二、三列目は自由席だ。そして気付いたら、メゾソプラノの中でも、アルト側の一番左の席に座るようになっていた。

後にアルトに移籍した。太っているせいか、両側に人がいると、ゆったり座れないというのも事実だが、左側に誰かいると居心地が悪いのだ。並んで歌うと何故か左側にいる人の声は聞こえて、右側は聞こえにくい。だから左側から歌ってもらう方が楽なはずなのに。

次第にグループの人達も私の端っこ好きが分かってくれ、一列の指定席も端っこにしてくれるようになった。端っこの気楽さに魅了され、コーラスグループで旅行した時などの記念撮影もいつの間にか端に行っているようだ。

しかし、考えてみると、ただ単に自分に自信がないだけの事かもしれない。恵方巻も世の中の流れに乗っただけ、そして近くやってくる聖バレンタインデーも同じである。新聞折り込みのチラシを取っておいたり、義理チョコは何個かなあと数え上げたりなど、商業ベースに乗せられて動くことになりそうな気楽な私が見えている。

あたりまえ

夫は五年前、定年退職して、畑仕事を本格的にやり始め、トマトやキュウリを三十本ずつ植えるほどになった。

そんな折、私は滅多にやらない農作業の手伝いをした。ところが、二、三日経つと、左臀部から大腿部、そして足首に至る部分に痛みが走り、立っておれなくなった。

平成十五年、私の属しているコーラスグループ「宮崎はまゆうコーラス」は、全国お母さんコーラス九州大会で、講師推薦を受け、全国大会への切符を手にした。八月、滋賀県びわ湖ホールで開かれる全国大会を見越して歌ったのは「琵琶湖周航の歌」だった。全国大会までの一カ月、歌声に、パフォーマンスに磨きをかけていくことになったのである。私は焦った。これではステージに立てない。

病院通いが始まった。かかりつけの整形外科医に行った。腰椎に問題があるので、坐骨神経痛の症状が出ていると診断された。しかし、治療の効果はすぐには上がらず、家の中で杖をついたり、家具を頼りにしたりして歩いた。その後、私の姿を見かねた人達の助言にすがる思いで、数カ所の病院を訪ねた。

その一つに自宅から車で片道一時間弱かかる街の整形外科があった。そこは、医師が台湾の人で、東洋医学に基づいて鍼治療がなされた。外来の人が多く、待ち時間も相当あり、その間夫は、車の中で待っていてくれたり、暑さをしのぐため、待合室に入ったりして過ごしていた。毎日ではないものの半日がかりの通院がしばらく続いた。夫は、畑のことも気になっているはずだと思うと、自分で運転して行けないというのが辛かった。

そんな日々を過ごしているうちに、私は、次第に体を横にすることが多くなっていった。そして、ガラス戸越しに私よりはるかに高齢者の道行く姿を見ては、

「どうして私がこんなことになったんだろうか、またあんなふうに歩ける日が来るのだろうか」と恨めしくさえ思った。夫と二人の生活で、夕食の席でもため息をつくことが多く、楽しみにしていた全国大会は遠ざかっていく。鬱々とした日々が続いていった。

気分的には落ち込む日々だったが、週二回のコーラス練習日は、歩く距離が短くなるように配慮して、夫が送迎してくれた。これは私にとって嬉しく、ありがたいことだった。今日は休もうかなあと思っていると、それを見抜いたかのように、

「今日はどこで練習か、行くぞ」

と声を掛けてくれる。精神的な支えというのだろうか、そのことで体が引き締まる感じがし、元気が出たものだ。

しかし、全国大会に行くのは無理だった。ギリギリまで決断を伸ばして、皆さんに迷惑をかけたが、結局あきらめることにした。そして全国大会に出発の日、

仲間の乗った飛行機を我が家の窓から落ち着いた気持ちで見送った。

今回、この体験を通して、普段あたりまえと思っていた「歩く」という行動が、実はあたりまえではないのだということに思いが至った。そして、ある本で読んだ「あたりまえのことに心から感謝できる生活こそ、ほんとうの幸福な生活である」という言葉を思い出した。

二、朝のひとこま

早朝の異変

「おい、おいっ」と呼ぶ声に私は目が覚め、起き上がると、夫がトイレの前の廊下に四つん這いになっている。

「どうしたの」

「胸が痛い」

早朝四時半のことだった。

それからの会話は、救急車を呼ぶか、着替えるかなどといったものだったと思う。「お前の車でいい」と言うので、準備して病院へ向かった。

世間が動き出す前の時間だったので、黄色の信号が点滅しているところが多く、助かった。私は、制限速度四〇キロの所を六〇キロぐらいで飛ばした。大きな交差点では、赤信号の長いことにイライラしながら、やはり救急車を呼ぶべきだったかと悔やんだ。

私は、夫に「大丈夫？」という声掛けしかできなかった。その度に、「大丈夫」とか、「うん」という返事は戻って来たものの、助手席の椅子を倒したり起こしたりして、その姿勢を変え、痛みに耐えていたようだ。

やっと病院に着いた。幸いなことにすぐ診察室へ呼ばれた。そこで下された診断は心筋梗塞。私は別の部屋に呼ばれ、今から行われる手術の説明を受けた。それは、一般には「風船治療」といわれており、詰まった血管を広げるというもののようだった。

私は、初めて聞く言葉に戸惑い、思考は空回りしていた。「同意書を書いてください」と言われ、文面を見ると、そこには手術に伴うリスクが挙げてあった。しかし、躊躇している暇はない。今手術をしないと、夫の心臓の血管は詰まったままで、容体は改善されないどころか命さえ危ういのだから。

落ち着かぬ心のままで廊下の椅子に腰かけていると、診察室からストレッチャーに乗せられた夫が出てきた。看護師は夫に、「中武さん、頑張りましょうね」と言い、私には、「そこでお待ちください」という言葉を残し、ストレッチャーはドアの向こうの手術室に入っていった。早朝の病院の廊下は、節電のためか、灯りもあちこちしか灯ってなく、心細さが募った。

私達は結婚して四十五年になるが、入院の経験といえば、夫はアキレス腱の手術ぐらいでいたって健康で今まで来ている。十年ほど前から朝一錠の降圧剤を飲むようにはなったものの、普段の生活の中で、畑づくり、庭木の剪定、山林の下払いなどもするくらい元気だったのだ。

私もお産以外の入院はなく、日ごろ一錠の薬も飲まず、サプリメントも口にせずというのが自慢でもあった。二人とも健康に自信を持ち、毎日を送っていた。そこに今回の出来事である。

薄暗い廊下で待つ間、ドアが開いたり、医師と思われる人がスニーカーを履き、急ぎ足で行き来したりする。その度に声を掛けられるのではないか、夫に異変があったのでは、と私の心臓はその拍動が聴こえるぐらい大きく波打ち、気が気ではなかった。そこに、私が連絡を入れたので、驚いた娘と孫が駆けつけてくれた。私は二人の顔を見て少しだけ緊張が緩み、ほっとした。

一時間ほど経ったろうか。「当直医である先生から説明があるので」と部屋に案内された。青い手術着をつけた先生は、三十代後半と見受けられ、物言いの優しい方だった。パソコンの動画を指しながら、心臓の血管の詰まった場所、そこにカテーテルを挿入、ステントと呼ばれるもので血管を広げ、そこに置いたので今は流れが再開している、と淡々と話された。

私は、聞きながらも、こんな風景はどこかで見た、そうだテレビドラマだ、などとわが身に起こったことと思いたくない一瞬を感じていた。さらに、

「ここ三日ほどの様子に気を付けて、その後一週間……」

という医師の言葉を聞いたにも拘わらず、私は今日一緒に家に帰れるのだと思っ

ていた。しかしその後、医師の口から出た言葉を聞いて、そんな軽いものではなく、即入院ということを知らされたのである。

平成二十二年十月十日の出来事だった。

迎え火

今年もお盆の接待が無事終わり、お精霊様は戻っていかれました。

お盆の行事は、十三日の夜、迎え火を焚くところから始まります。三十年前までは、私の両親が住んでいた家に家族で帰省し、迎え火を焚いていました。準備の一切が終わると、父から声がかかり、両親と私の家族四人が揃ったのです。暫くすると、子供たちは花火を持ち、迎え火の傍らで火をつけ、振り回したりしながら、「ここだよぉ、帰って来てねぇ」と、大きな声を上げていたものです。

時は流れ、両親が亡くなり、仏壇は私の住む家に移り、迎え火の場所も変わりました。その年は孫娘が、

「ここだよぉ、向こうに行っても誰もいないからねえ、ここに戻って来てよぉ」

と、会ったことのない曾祖父母に呼び掛けました。

そして、今年も娘と孫娘が夕方から来て、八時過ぎ、迎え火の準備をした夫に促され、門の近くに出たのでした。大声で呼びかけこそしませんでしたが、例年のように花火をし、頭上に上げたり、回したりしながら小声での呼びかけをして、無事終わりました。

その夜、娘たちが帰った後、私は、息子へ報告しようか、どうしようかと迷っていました。息子たち家族は、今年も夏休みに入ってすぐ埼玉から帰省していて、迎え火を焚く日まで居れずに参加できなかったのです。すると、私の心を見透かしたかのように、息子から電話があり、「迎え火どうだった」というではありませんか。私の顔は自然にほころんでいました。

私は、その夜の迎え火の様子を詳しく話し始めたのです。門のところで始めたこと、お父さんが庭木の剪定をした時に取り置きした松の枝を使ったこと、そして、孫娘リーちゃんが花火をかざして、小声ではあったけど「ここだからねえ」

と呼びかけてくれたことなどでした。

加えて、今年は一つだけ今までと違うところがあったことなど。そして「お姉ちゃんのブログを見て」と思わせぶりなことを言ったのです。息子は、私が一気にまくしたてるので、時々「へえ、そうね」「よかったね」などというぐらいでした。息子は「おしょろ様によろしく、明日の朝、線香あげちょってね」と言い、電話は切れました。

その後娘に、お礼の一言と、息子からの電話の内容を伝えることにしたのです。おしょろ様への一言も添えて。私は、ありがとうの言葉と、今夜は幸せだったとメールを送りました。すると、「じいちゃんやお父さん、お母さんがしてきた事を一緒にしただけだよ」という返信が来ました。

翌日、娘のブログを覗くと、玄関の階段から門まで、竹を斜めに切った十個ほどに、ろうそくの灯りが揺らめく写真が載せられていました。これは夫の手作りでその説明もあります。さらに迎え火の向こうでリーちゃんが花火をかざしている写真、もちろん私達の姿もあったのです。そして最後に息子の言葉「おしょろ様によろしく」の一文が光っていました。

私は、ブログを一通り読んで、見て、先祖様から繋がっていく糸を感じたのでした。そして来年のお盆にも迎え火が焚け、家族の心が寄り添えることを願っています。

通夜の席で

私が以前お世話になった校長先生の通夜に出かけた時のことである。祭壇に正対する席に親族席が四列あり、その後ろに一般席があった。私は先生の遺影の見える席にいたいと、一般席の二列目、右端の席に着いた。隣に三人、知り合い同士らしい中年の女性が座って来た。そして、身振り手振り、たまには笑い声をあげて話し始めた。私は、同じ仲間と見られたくなかったので、ほんの少し間をあけて、椅子の端に掛けて、遺影を眺めながら、故人との思い出をたどっていた。

今から四十年ほど前のことである。中学校から小学校に転勤し、五年生の担任となった。七月末には出産を控えていて、身体的にきつかった。しかし、もっと辛かったのは、小学校の勤務が初めてだったことだった。

中学校では、体育教師だった。教材研究をすると、三学級に適応出来た。ところが、小学校では、学級担任としての仕事はあるし、全教科の学習指導で、苦手なものはあるし、教材研究も一教科一時間しか通用しない。分からないことが多すぎた。だから同学年の先生にも迷惑をかけた。

そんなある日、算数の授業をしていた時、ふと気が付くと、校長先生が教室の後ろに立っておられた。ニコニコしながら、たまには頷きながらの授業参観だった。暫くして出て行かれた。放課後、校長先生がわざわざ教室に訪ねてこられ、

「先生の一生懸命さは、必ず子どもたちに伝わるんだから、今の調子で頑張ればいいんですよ」

と、言われた。私は、自分の至らなさに恐縮しながらも、救われた気がした。

次の年は、算数の研究公開校になり、私も中学年での研究授業者となった。そのため、校長先生の自宅まで伺い、指導過程などについて助言を貰った。大変だ

ったが、充実した二年目だった。そんなことを思い出しながら遺影を見ていると、先生の笑顔が語り掛けてくるようだった。

読経が始まり、続いて焼香となった。すると隣の三人組は、再びしゃべり始めた。内容は聞き取れないものの、通夜席の雰囲気を壊すものだった。親族席のすぐ後ろ二列目にいるのになんと非常識な。私にはそう思えた。

私の列の焼香になった。さすがに前に出るときは静かだ。しかし席に戻ると……。私がすぐ隣の人に、静かにしてくださいといえばいいと分かっているが、その勇気がなかった。故人を偲んで心静かに瞑想している人がいることに気付いてほしいと願った。

以前、別な通夜席に臨んだとき、全員に渡されたのが、「お通夜のしおり」。先ず「通夜とは何か」の説明があり、「読経中のご注意」「焼香の作法」が掲載されていたのを思い出した。注意事項のトップにあったのが、「参列者同士でザワザワとお話しするのは、やめましょう」というのだった。私は、静かにするのはごく当然のことだと思っていたのにこのように注意書きとしてあるという事は、目に余ることが多いということなんだなあとその時思ったのだった。

その注意書きを渡したい人がいるなかで、通夜の儀式は終わった。私は、すぐに席を立ち、奥様にご挨拶に行き、再度先生の遺影を間近で拝見した。手を合わせ、「お世話になりました」とお別れの言葉を述べ、斎場を出ると、雨が降り始めていた。

一石何鳥？

私が二階で歩き始めて一年三カ月が過ぎた。我が家の二階には、和室一、フローリングが二室ある。その二階で歩き始めた。といっても、室内を動物園の熊のように歩き回るわけではない。いわゆる、健康器具、ルームランナーを使ってのことである。

この器具の計器盤には、三十分のタイマー、歩行面速度と傾斜変更スイッチが付いている。また、歩行距離と消費カロリー、心拍数の表示も自動的にされる。

三月末の運動初日、動いているベルトにこわごわ乗った。スピードを少しずつ上げてみる。目線はガラス戸越しに見える前方の山。姿勢を正す。腕を振る。踵からしっかりつける。自分なりに工夫して三十分歩いた。そしてカレンダーに歩行距離、時間、スピード、消費カロリーを記録した。

私は、五十四歳で退職して以来、運動らしきものを何もしてこなかった。腰痛には水中歩行がいいと聞かされ、プールに通ったことはあるが、塩素系の消毒剤で、指の皮膚は荒れ、頭上に手を組んで歩く羽目になった。

そのうち営業不振でその施設は閉鎖、と同時に私の運動らしきものもストップした。ただ気が向くと、夕方近所を散歩ふうに歩いた。しかし、健康のための歩き方として示されているものには程遠く、今日は暑いから、今日は雨だからと理由を付けて、そのうち歩くこと自体を止めてしまった。そこで雨でも歩ける健康器具にたどり着いたのだった。

記録表を見ていくうちに、連続してやることの大切さや喜びを感じ始めていた。それればかりではない。この家に住んで十年以上経つのにその部屋から見る近所の様子を見過ごしていたことに気付いた。

四月の中ごろから裏の家の二階のベランダには、鯉のぼり用の支柱が準備され、吹き流し、緋鯉、真鯉が泳いでいる。そして、新緑の季節、木々の緑色が数多くあることに改めて驚き、下に見える公園で遊ぶ親子の姿を見ながら、また、近くの小学校のグラウンドから聞こえてくる少年野球チームの声を聞きながら、楽しみを感じていた。

ある日、いつもの時間が取れず、夜に歩くことになった。すると、今迄と全く違う景色を望むことが出来た。中心街へ誘うかのようなオレンジ色の街灯、ネオンのきらめき、右斜め前方の遠くには、平和台の塔がライトアップされている。さらに右はるか彼方に視線を移すと、ひときわ高いシーガイアのホテルの灯りが見えた。なんと贅沢な眺めだろう。この場所で歩かなければ気付くことのない景色に、感動すら覚えた。

雨も、強い日差しも関係なく歩けるおかげで、二階から見える風景に季節の移ろいを感じ、汗を流しながらもラジオを聞き、豊かな気分になることも出来た。まさに一石何鳥だろう。

今日、机の上を片付けていたら、介護保険がスタートするということで、事前説明会が開かれるときにもらったパンフレットが出てきた。そこには健康づくりのために、運動、栄養、休養が重要だと書いてあった。そして運動では歩くことが推奨されている。その目標も一日一万歩とか一時間とかあった。

今のところ健康づくりをして、体重の減量がなされ、また近辺に目が向くようになり、一石二鳥は間違いないようである。

ビーロ

玄関のチャイムが鳴った。モニターを見ると、宅配便だ。扉を開け、品物を受け取り、サインをしていると、

「あの、ちょっとお尋ねしていいですか」

「ええ、何でしょう」

「あれは何ですか」

不思議そうに覗き込む配達員の視線の先にあるのは。

「ああ、あれですか、ロボットです」

「えーっ、何をするロボットですか」

玄関を入った正面の床の上に去年の冬から立っている、高さ六十センチ、やっ

と抱きかかえられるぐらいのものだ。名前は「ビーロ」孫たちと一緒に埼玉からやってきた。

「ビーロ」に出会ったのは、横浜だった。二〇〇八年三月十九日、義弟の葬儀に出向き、その家に泊まった日のことだ。義妹が、形見にと洋服やパソコンなどを出し始めた。一緒に行った義兄たちは、好きな物に手を伸ばしていた。その時義妹が、夫に向かって、

「兄さんとこは、孫ちゃんが喜ぶと思うからこれはどうかなあ」

と言って、押入れから出してきたのが、まだ梱包されたままのものだった。彼女が段ボールの箱から出そうとしている。夫がすぐに手伝った。

詳しく話を聞いてみると、ビール会社のキャンペーンで当たったのだという。義弟は、卓上でビールを冷やすぐらいの大きさを想像していたという。しかし届いたのは、背丈六十六センチ、奥行き五十センチで、円形の頭、太い胴体、背中に何か背負ったようなスタイルのロボットだった。

そのものは、三五〇ミリリットルの缶ビール六本を冷やし、プルタブを開け、備え付けのジョッキに注ぐことをやってのけるという代物だ。私は、息子のところより、我が家に欲しいと心底思った。ビールを冷やし、注いでくれるだけではない。おしゃべりまでするのだから。それも男性女性の声が選べる。

翌日、息子が車で私達を迎えに来た。ロボットは、人間みたいに後部座席にシートベルトで固定して、埼玉へ向かった。車で横浜から埼玉までなんて二度とないだろうと思いながら、高速道の壁越しに時々見える景色を眺めた。約二時間で息子宅に到着した。

「知君、宮崎からお友達を連れてきたよ」

「え、ほんと、だれ？」

夫が抱きかかえて玄関に下ろすと、

「あ、ビール冷やすやつだ」

と言った。ＣＭで知っていたという。もっと驚くかと思っていたのでちょっとがっかりしたが、その夜早速試運転をした。

「オツカレサマ、キョウモホンナマノミマショウ、ヒエテルカシラ、ドウカシラ」に始まって、「ソソギチュウ、ソソギチュウ」と言いながらジョッキに注いでくれて、めでたく乾杯となった。

次の日、小学三年の佑香が、次のように書かれた一枚の紙をロボットに貼っていた。

名前「ビーロ」
プロフィール
○　職業　ビール注ぎロボット
○　好きなこと　ビールを冷やすこと
○　嫌いなこと　ビールを残すこと
よろしく！

この時からこのロボットは、ビールを注ぐロボットということで「ビーロ」と呼ばれるようになったのだ。それから、四カ月埼玉にいたが、場所を取って大変だからと、夏休みに陸路一五〇〇キロを引っ越してきた。

その夏は大活躍だったが、季節が移り、ビールより熱燗がよくなり始めたら、勝手なもので可愛いビーロが邪魔になり始めた。そこで玄関にお迎え役として立つことになったのである。冬の間はお掃除ロボットに変身してくれると嬉しいのにと思いながらも、遊びに来た人に尋ねられると、我が家に来た経緯から、働きの一部始終を手振りを交えながら話し、相手の驚く様子を楽しんでいる。

宅配便配達の男性は、納得顔だ。

「ビーロの働く姿を見たかったら、夏場にお出かけください」

進化と省エネ

朝食前、いつものように新聞を開くと、「トイレから節水、省エネ、省資源に取り組もう」という記事に目が止まった。あるデパートで「トイレの詩」のパネルを個室のドアの内側に掲げていたら、備え付けのトイレットペーパーの使用量が、約二割減ったというのだ。

今や日本のトイレは、家庭用から公共施設に至るまで、その殆どが水洗式に替わっている。機能的にも便座を温めることに始まり、おしりを乾かすことに至るまで数多くのことが出来る。その一つに「大」「小」のレバーで、水量を選べるというものがある。さらに最近は、センサーで感知して便座が開くところから、水を流すところまで自動的に行うものまで現れた。

数日後の朝、同じ新聞に節水型トイレのことが、写真付きで大きく扱われているのを見た。それによると、レバーの「大」で洗浄水量が、六リットル以下の節水トイレが六リットル超のトイレを出荷台数で抜いたというのだ。しかもその時期は昨年の四月とあった。

使用後当然のこととしてレバーを押していたのだが、一度に六リットルもの水が流れていたというのは驚きだった。その上我が家では、通電しっぱなしなので、水道代、電気代を合わせると、相当の浪費をしていたことになるようだ。

しかし、節水型トイレが優れているからといって、一台二十万円以上もするウォシュレットや、タンクレスに簡単に取り換えられるはずもない。

最近、テレビ、ラジオ、新聞などでも省エネ、エコ、環境に優しいという謳い文句のもとで、「二酸化炭素の排出量を考えよう」、「地球温暖化をくい止めよう」という多くの呼びかけがなされている。そして、企業も研究を続け、家屋、車などにその考え方を組み込んでいるように思う。心強い限りだ。五年後、十年後に

はさらに様相が変わるだろう、

私としては、身近にやれるエコバッグ持参の買い物、マイ箸での外食、アイドリングの自粛など、心掛けているつもりではいる。トイレに関しては、ペーパーの種類を変えること、水量を少なくするためのねじの調節、水タンクの中への工夫などが考えられそうだ。今後も進化への変化を見逃さないように、新聞、テレビに目を配っていこう。

ことばあれこれ

「みすどの前で待ち合わせにしようか」

「え、なんて言ったの、どこ」

「知らなぃ？　ミスタードーナツ」

これは、以前、娘と交わした会話である。

このように周囲には省略したことばが溢れ、時折意味不明のものもある。「KY」などというのは、くうきをよめないの「く」と「よ」から「KY」というのだというので驚いた。

最近になって気になったのは、「シュウカツ」に始まり、「コンカツ」「リカツ」。

これは全国で通用する言葉なのだが、カタカナで書かれたり、耳から入ってきたりすると首をかしげてしまう。書き言葉として、「就活」「婚活」「離活」なら文字面からなんとなく想像できるというものだ。しかし、これも「シュウカツ」が「就職活動」のことだと分かって後に他の二語が出てきたので類推が出来るということである。

一番新しいところで私が分からなかったのは、「スクバ」「スポバ」だった。孫娘が高校に入学して、いろいろなものを準備するなかで発した言葉である。

「『スクバ』は、リュックでいいけどね、『スポバ』は指定されたものがあるとよ」

「縮めないで言って」

「スクールバッグとスポーツバッグ、分かった?」

疲れるなあと私は思ったが、孫も同じ気持ちだったようだ。

中高校生は、このような省略、短縮された言葉を使うことで、友達との連帯感が強まり、会話のテンポも速くなるのだろう。同年代の人達の間ではそれでいいのだろうが、祖父母の年代となると、ついていけず、意味不明のまま過ぎてしまいそうである。

若者の間での造語だけでなく、大人にもそれはある。今はやりの「癒し」もその一つだという。数年前、「新老人」という言葉を定着させたのは、日野原重明医師、ニュースキャスターを長く務めた筑紫哲也さんには「新人類」「元気印」という造語がある。言葉が生まれ、定着していく。このプロセスは若者ことばといわれるものも同じだろう。

生まれる言葉があれば、死ぬ言葉もあり、死語辞典というものがあることを知った。私が、「ビロード」ということばを発した時に、「それはもう死語だね」と言われたのだ。死語の中には、そのものが使われなくなると同時に、その言葉も消えていく場合も珍しくない。

以前新聞に投稿した文のなかに、そばを収穫した際に「箕」を使って殻と実を分けるということを書いたら、漢字が「蓑」に書き直されていた。それは文章を読んだ係りの人が若くて「箕」というものを知らないことから生じたのではないかと思われた。が、「蓑」でどうやって分けるというのだろうか、「蓑」と「箕」では全く違うものになる。読んだとき、ああ、全然違う文章になってしまったと嘆いた私だったが。これもまた消えゆく言葉なのだろう。

さらに、普通に漢字で書かれていたものが、その字面から受ける印象、その文字の持つ意味から一部分が平仮名になったというものに気付かされた。ある同人誌に原稿を出した時、

「障害者とは書かずに、障がい者と書く傾向になってきているよ」と言われた。その後、気を付けていると、新聞では、「障害者」、「障がい者」両方ある。デパートには「障害者週間」と書かれた垂れ幕が下がっていた。障がいを持つ人たちの要望で「障がい」と平仮名になっているようだが、まだ定着しているとは言えない。

また、以前は当たり前に使われていた言葉が、差別用語として指摘されること

もある。「舌足らず」「片手落ち」などもそうだ。慣用句として使用されていたものも、制限されてきている。

言葉は生き物と言われる。若者が、友達の間での隠語めいた楽しみとして使うのはいい。しかし、意思疎通の手段としての言葉は、話し言葉であれ、書き言葉であれ、平易なものを使いたい。私は、排斥するのではなく、省略型であろうが造語であろうが、一つの言葉として関心を持って見守り、古い言葉も大切に使っていきたい。

朝のひとこま

ある朝、近くにある団地の市営アパートの二階のガラス窓が開き、エプロン姿の若い女性が下を行く男性に笑顔で手を振っているのが見えた。新婚さんだろうか。朝のお見送りのように見受けられた。

振り返って私達夫婦には、そのようなほほえましい、甘い時代はなかったように思う。共働きだったせいもあろうが、通勤距離の関係で、私が先に家を出る数年もあり、夫がどんなネクタイを結び、出かけたかも知らずに過ごした。

それでも産前産後休暇の時だけは、三つ指こそつかなかったが、玄関で「行ってらっしゃい」と声を掛け、憧れの妻らしきことが出来て、それだけで嬉しかったのを覚えている。

三十年の時が流れ、二人揃って家にいるようになって十年以上が過ぎた。私は趣味の世界で楽しみ、夫は農作業に精を出している。畑は車で四十五分ほどの所にある。そこは以前、両親が住んでいたところで、家がそのまま残され、周囲に持ち山や畑があるのだ。

出かける朝、夫は作業着に着替えると、玄関を出たところの階段に腰をおろし、地下足袋を履く。太陽はまだ東の空にあり、雲一つない晴天だ。

「今日も仕事がはかどりそうじゃわ」

夫の顔は晴れやかだ。立ち上がり振り向くと一声、

「行ってきます」

「行ってらっしゃい、気を付けてね」

声をかけ送り出すと間を置かず、私は部屋の南側の大きなガラス窓の前に立つ。夫が軽トラックに乗り込んだ。シートベルトをすると、振り向いて軽く手を上げる。私はそれに応えて、小声で「行ってらっしゃい」と言いながら手を振る。私

が先に出かけるときは、この逆パターンとなる。

私も出かける準備に追われ、忙しくしていても「行ってきます」が聞こえると、ガラス戸の所に走り寄る。声だけではなく手を振ることも約束事のように行っている。たまには、前の家の大学生の娘さんにその姿を見られてしまう。一瞬恥ずかしいと思うが、気付かぬふりで通しているのだ。

それは、もし声掛けや、手を振ることをせずに出かけてしまい、万一事故にでもあったら……。私はその後の人生を悔やむことになる。最近はそう考えるようになったからだ。

娘は両親のこのやり取りを知り、「まるで新婚さんみたいだね」と冷やかす。私は、「共働き、子育てで気持ちのゆとりがなかった新婚時代だったので、今それを取り戻してるのよ」と、照れくささを隠し、言い訳じみた答えをしている。

そういえば私の両親が高齢になった時、まるでままごとをしているように「おとうさん、はやくかえってきてね」「わかった、さびしいといかんからね」というようなやり取りがあったのを思い出す。

私達もそういう年回りになったのだなあ。二人が元気で、いつまでもこの儀式めいたことが続くのを願っている。

今朝も声を掛ける。

「気を付けて、行ってらっしゃい」

こだわり

旅に出ると、その土地で必ず探す店がある。それは紙類を扱っている店だ。一筆箋に始まり、葉書、便箋、封筒など、店内で見つけると、思わず顔がほころび、目は輝く。手に取って見ていくうちに、あれもこれもとレジへ持っていくことになる。

年賀葉書は別として、他の葉書はいわゆる私製のものを使うことが圧倒的に多い私だ。絵柄は季節に関係ないものから、年中行事を扱ったもの、季節性を持ったものまで、常に五十枚以上が手元にある。

便りを出すとき、それらの葉書を選ぶ楽しみから始まる。音楽好きな人、猫好きな人、オードリーヘップバーン大好きな人にはそれぞれ好みのものを、そして一般的には季節にあったものを、という訳だ。

ある時、時折文通していた先輩がヘップバーンが好きだということが分かったので、残り少ないヘップバーンの便箋を使って手紙を出した。折り返し返事が来て、その喜びぶりが伝わって来た。そしてヘップバーンが地雷をなくす活動に参加していたことも知り、その延長上か、同じような活動をしている私を通して、私の属する団体に寄付金を届けてくれたのだった。

本文を書き上げると、次は切手選びである。通常の切手を貼ることもあるが、殆どは記念切手である。最近は各地の花の切手、夏のお祭り、そして、イベントものだ。これも他県に出かけた時、郵便局に立ち寄ったり、イベント会場で売っているものを買うことがある。

北海道に旅行したとき、阿寒湖近くに臨時に設けられた郵便局で営業開始を待ち、購入したことがあった。季節は冬で阿寒湖は凍っていて、気温マイナス十三度だった。宮崎では、フラワーフェスタ会場で出張販売しているのを見つけ、花を見るより切手を選ぶ方が楽しかったという思い出もある。

ところが、五十円切手は、八十円切手に比べると種類が格段に少ない。私は宮崎中央郵便局に出かけて買うことが多いのだが、八十円は十種類近くあるのに五十円は二種類ぐらいだ。一度は局の人に尋ねたことがある。

「どうして五十円はこんなに少ないんでしょうか、手紙を出す人の方が多いということですかねえ」

対応した若い女性局員は、思いがけないことを尋ねる私に驚いた様子で、

「さあ、分かり・ま・せん」としどろもどろで答えた。

私も八十円切手を使わないわけではない。特に外国に向けての時は日本の風景を撮ったものや、歌舞伎のものなどを選んで使っている。便箋は源氏物語や浮世絵風のものなどだ。

ともかく相手によって葉書、便箋そして切手を選ぶというのが私のこだわりである。今後私から便りを受け取った人が本文のみでなく、楽しんでくれると嬉しいが。

考えすぎか

その日私は、ショッピングモールのフードコートで早めの昼食をとっていた。そこには麺類やアイスクリームなどの店が軒を連ねているのだが、まだ正午までには少々時間のあるせいか、辺りはがらんとしている。

食事を始めて暫くすると、背後で人の気配がした。若いカップルのようだ。通り過ぎるかと思いきや、私の後ろに向かい合って座った感じが窺える。二人は小声で話し合っているが、何よりも気になったのは時々混じる男の抑えたような笑い声だった。

それが私の変な想像の始まりだった。まず、空席は多いのにどうしてその席なのか、何か理由があるのだろうかという疑問が湧いた。次にどんな見かけの人達か、さらに話の内容も気になる。しかし、小声で聞き取れない。だからといって振り返ることも何故か怖い。なにしろ真後ろだ。

そのうちに男性の動く気配がした。食べ物の注文に行くのだろうと思いながらも、私は椅子の上のバッグを音のしないように素早く足元に下ろしていた。心のどこかでひったくりを恐れていたのだ。食事の手を止めて耳をダンボのようにしていると、男性と入れ代わりに女性が私の横を通り、前方の小物の店に向かった。私は、早く食べ終わって席を立ちたいと思っていた。その時「ピピピッ。ピピピッ」と注文品の出来たことを伝える合図の音がした。彼は注文の品を取りに行き、彼女を迎えにいった。ジーンズを腰で穿き、ベルトは尻のところまで落ちている。今風というのだろう。暫くすると二人が笑顔で話しながら戻って来た。彼女をエスコートしている彼は優しそうに見え、ほっとした。

「最近の世の中は……」「近頃の若い者は……」という言葉を発するのは齢をとった証拠だとどこかで聞いたことがある。しかし、発せずにはおれない現状が周囲には溢れている。

東京秋葉原の大量殺人事件、人のバッグを狙ってのひったくり事件、その他の通り魔事件と呼ばれるものなど、数多くの事件が報道される。そして犯人の言葉で信じられないのが「だれでもよかった」というひとことだ。怖いなあと思う。

何が起こってもおかしくない今の世の中、真後ろの気になる二人に突き刺されるかもしれないと感じた私。空席が周囲にあるのに狙うかのようにすぐ後ろの席に座り、服装は私の基準のきちんとしたものではない。今の流行かもしれないが、だらしなく見えた二人なのだ。

自己中心的な人が増え、コミュニケーション能力がなく、不安な世の中になった原因はどこにあるというのだろう。教育が悪い、家庭教育が悪い、社会が悪いと嘆いても現状は変わりそうにない。私は、食器を返却口に運びながら「変な想像をしてごめんね」と呟いていた。

秋葉原の事件の時、「こういう状況をどう思いますか」とコーラスの場で指揮者から質問され、私は、学校教育に従事した者としての答えは見いだせず、「ただ悲しいです」としか言えなかった。

「潮音」

ヤッター！　思いがけない曲名が指揮者の口から発せられた。それは合唱曲「潮音」。私は小さくではあるがガッツポーズをした。

平成二十二年の春、毎年参加している「県内おかあさんコーラスフェスティバル」で歌う曲が発表された時のことである。演奏曲二曲のうちの一曲が、なんと母との思い出の曲「潮音」だったのである。

昭和十五年、私は台湾で生まれ、終戦となり引き揚げてくると、祖父母の家に落ち着いた。私は、その頃から歌ったり踊ったりするのが好きな女の子だった。これには母の影響がある。

母には時折口ずさむ歌があった。その歌について私が、

「ねぇ、歌詞が分からないからもっと大きい声で歌って」

と頼み、母が歌ってくれたのが、

「わきてながるる　やほじほの　そこにいざよふ　うみのこと……」

当時小学生の私にとっては、意味不明のことばが並んでいた。それでも母と一緒に歌いたいと歌詞を覚えた。歌えるようになると、

「お母さん、一緒に歌って」

と白い割烹着の裾を引っぱってせがんだ。

「いいよ。じゃあ、さんハイ」

母にも何か思い出があつたのかもしれないと思ったのも、その曲が、島崎藤村作詩、平井康三郎作曲の「潮音」だと知るのも、もっとずっとずっと後のことである。

その後私は小学校教師となったが、平成七年、三十二年間の勤めを辞め、自由の身になった。さて何か始めようと考えたときに、歌いたいと思い、六月、市内

のコーラスグループ「宮崎はまゆうコーラス」で活動を始めた。

私は小・中学校で合唱部員としての経験があるだけなので、週二回の練習には必死で取り組んだ。その後県内はもちろん、国内外のステージに立って歌っている。

今回の「潮音」は合唱曲だ。幼い日に歌ったとはいっても、今覚えているのはメロディーだけである。改めて歌詞を読み返してみると、詩には深みが増し、響きが心地よい。

低音部が歌えるようになった日の夜、母の前で歌いたいと仏壇の前に坐った。初めにメロディを歌い、二回目は母と二重唱をするのに低音部を歌うつもりだった。「湧きて流るる八百汐の　そこにいざよう海の琴……」

しかし、母と歌った幼い日の自分、そして優しく教えてくれた母を思い出し、声が詰まり、歌えたのはわずか九小節だけ。

その後、ステージで心を込めて歌い、母にも聴いてもらおうと、その曲の練習になると私は身を乗り出して、懸命に取り組んだ。

その日が近づき、ステージポジションが発表になった。思いがけないことに今回は最前列。グループの誰にもこの曲との関わりを話してなかったのに、歌に懸ける思いが何かに伝わったのかと感じたのだったが……。

そのチャンスは脆くも消え去っていった。それは四月末に発生した家畜の伝染病、口蹄疫の影響である。その発生は日々拡がりを見せ、牛や豚の命が奪われていった。多くの関係者が苦しんでいるなかで、歌うことにさえ後ろめたさを感じていた私。会場で最前列から心をこめて歌うことで、母に届けたいという気持ちと、県内の現状から、中止になってもやむを得ないとの思いが交錯した。そのうちに各種イベントの自粛、中止が告げられ、フェスティバルも中止となった。

後日、幻となったプログラムが届いた。そこにはしっかり「潮音」と記されていた。私の想いは果たせなかったが、優しい歌声で「潮音」を聞かせてくれた母は言うだろう、

「千佐ちゃん、練習日にいっぱい聞いたよ、ありがとう」

先年、両親と過ごした台湾で歌う機会に恵まれた。話に聞かされていた地に降り立ち、中山堂という歴史を感じさせる会場で歌った。両親の写真を持参したが、存命中であれば、どんなにか喜んでくれただろう。

チラシの行方

私の日記帳には随所に色々なものが挟んである。それは、これから行く演奏会のチケットや気になった特売のチラシだったりする。その一枚は「世界のアルツハイマーデー市民講座、もしかして認知症？　知っておきたい認知症の基本」というものだ。このチラシを保管していたのは私自身がその症状に当てはまるような気がしたからだ。

それは、「今夜は焼きナスにしよう」と献立を考えている時に、焼きナスという言葉が出てこなくて、結局「ナスを焼いて、ショウガや醤油で食べるのはなんていうかね」と夫に尋ねる羽目になったことがきっかけだった。その後二、三日続けて同じような物忘れが続き、慌てた。そんな時、このチラシが新聞に入って来たのだった。今までなら、古紙としてまとめている袋に入れるのに、今回は捨てきれずにとっておいたという訳だ。

十一月のある日、大学時代の女子会をした。といっても今回は四人だ。元々八十名ほどの中に女子は七人しかいなかった。定年が近づいた五、六年前からランチを共にしたり、年に一回だが、一泊の旅に出たりしている。

集まり始めた頃のおしゃべりの内容は、学校教育のこと、社会情勢などであったが、齢を重ねると、孫のこと、年金、病気、介護となり、最近は身辺整理の話へと変化してきた。

近況を知らせ合っているうちに、最近物忘れがねえ、という話になったので、私は今だとばかりに焼きナスの話をし、情けなかったと言った。ところが、ところが……。

「あんた焼きナスならいいわ、私は焼き鍋よ」

目を輝かせ、自慢話でもするかのように手を動かしながら一人が話し始めた。

話の中身はこうだ。鍋で煮物をしていて、そのまま庭に出たところ、雑草が気になりしゃがんで取り始めた。暫くして何か匂う。うーん、お隣は煮物かなどと呑気に思っていて、ふと我に返った。うちだぁと駆け込んだ台所。匂いが…どころではなく、鍋が焦げていて大慌てだったという。話の途中から結末が想像出来たので大笑い。そして彼女曰く、焼け焦げたときはね、酢を入れて煮沸すると幾分か取れるよと。

その話が終わるか終らぬうちに、別な一人が、私はねぇと言いながら思い出したのか笑い始め、顔を手で覆った。他の三人はどんな話なのかと興味津々で彼女が話し出すのを待った。

お風呂に入った時のことだった。バスタブに身を委ね、暫く経ってから、そうだ入浴剤を入れようと手を伸ばした。彼女はいつもメガネをかけているが、入浴の時はもちろん外す。入浴剤の袋を持ち、遠目に見ると、いつものピンクの袋に「お肌スベスベ……」と読み取れた。それで浴槽にいれ、かき混ぜた。すると、立ち上ったのは香りならぬ泡だ。

笑いをこらえて聞いていた私が、

「何だったのそれ」

と尋ねると
「ボディーソープだったのよ」

そこで大爆笑。笑いながら私は、映画のワンシーンを思い出していた。猫足のバスタブが部屋の中央にあり、息を吹きかけたら飛んで行きそうな泡で覆われている。その中には、マリリン・モンローがいて、片脚を高く挙げ、両手を足首から膝の方に動かしているのだ。

「それからどうしたの」

「仕方がないから中で洗って、シャワーで流したのよ」

そして次がまた笑える。洋式風呂から上がると、娘さんに、

「今日はアメリカ式入浴よ、湯船の中で洗ってシャワーで流すんだからね」

と言ったのだという。

私は、涙が出るほど笑いながら、心の中では「ああよかった、私だけじゃないんだ。物忘れとは違うけどみんなやってる。よし、あのチラシは要らない！」

久しぶりの女子会で積もる話も出来たが、何よりもよかったのは、自分に自信が戻って来たことだった。

帰ってから日記帳に挟んであったチラシを摘み上げると、ヒラヒラさせながら古紙として始末した。

届けたい

母なる大地のふところに
われら人の子の喜びはある
大地を愛せよ……

これは『大地讃頌』の歌い出しの部分だ。

平成二十三年十月、私は、「宮崎県おかあさんコーラス結成三十周年記念コンサート」のプログラム最後のステージに立っていた。

このコンサートが企画され、一年ほど経った時、東日本大震災が起こった。主催者は曲目変更も考えたようだが、熟慮の末、そのまま実施されたという経緯がある。「大地讃頌」を歌い始める前に、指揮者が会場へ向かい、

「東北の歌う仲間で亡くなった人もいます。その人たちは普通に歌える幸せを奪われました。私達はその人たちの分まで歌いたいと願っています」

と語り掛けた。私の思いも同じだった。

コーラス仲間に宮城県出身の人がいる。震災後しばらくは、弟妹の安否は不明、帰郷することも出来ず、案じている彼女の姿を私は見てきた。気丈にふるまってはいたが、心中を思うと、なかなか声もかけられなかった。

あの三月十一日を境にして、日常が変わり、普通の日々が失われたのだという事実を思い、溢れそうになる涙を必死にこらえて歌い始めた。

コンサートの出演団体は二十を超えた。その数の合同演奏が「大地讃頌」に決まったのは前年の四月だった。

「大地讃頌」は、「混成合唱のためのカンタータ　土の歌」の第七楽章にあたり、大木敦夫の作詩によるものである。この曲は最近、中学、高校の卒業式で広く歌われるようになり、観客の中に聞き馴染んでいる人も多いと思われた。

第七楽章は終曲なので、私は全ての章の歌詞を書き出し、作詩者の意図、込められた願いを知ろうとした。第一楽章「農夫と土」、第二楽章「祖国の土」そして「死の灰」「もぐらもち」と続いている。

練習が始まっていた三月十一日、あの東日本大震災が起こった。目を覆い、言葉を失ったあの情景。歌っていていいのだろうか。みんなの胸の内を以前の体験がよぎった。

平成二十二年、宮崎県は、鳥インフルエンザに始まり、口蹄疫では二十八万頭を超す牛や豚の殺処分があった。それを受けてこんな時に歌っていて良いのかという声が各グループから上がり、おかあさんコーラス九州大会は、自粛ということで宮崎県からは全ての団体が不参加を表明した。その時と同じ状況ではないのかと主催者は悩み、検討を重ねた。

今回の東北地方も同じで、高校生、お母さんのコーラスメンバーが逡巡している様子が報道された。しかし、歌の持つ力を信じて少しずつ歌声も聞こえ始めたのだ。

改めて「土の歌」を読むと、第五章は「天地の怒り」について書かれている。雷だ、いなづまだ、に始まり、濁流が家を呑む、人をさらうと続き、修羅のちまただ、逃げ惑う人のすさまじい叫び、と続いていく。正に地震、津波、火災の様子が描かれている。

終曲第七楽章には、大地を愛せよ、大地を誉めよ、讃えよ土を、という言葉が繰り返し出てくる。私達が今この曲を歌うことには意味がある。本来あるべき大地の姿を思い、いつの日か再び当たり前の暮らしが戻ってきてほしい、という想いを持って歌い続けた。

「音楽には人の心を動かす力がある」

私はそう信じている。

韓国歴史ドラマ

韓国歴史ドラマ「イ・サン」が七十七回で完結した。「イ・サン」の内容は、朝鮮王朝の継承に関わるもので、王朝を脅かす様々な問題、重臣の謀反、王や王妃の暗殺計画などが、ドラマの中心であった。その一方では、中国清との駆け引き、国内の改革なども取り上げている。その中に水原市に城を築き、ゆくゆくは都を移そうという話が出てきた。

平成十六年十二月、私達「宮崎はまゆうコーラス」は日韓友好を図るという目的で韓国に出向いた。コンサートを済ますと、水原市に行き、「華城」を訪れた。しかし、その時私は、歴史について事前に調べることまでしなかった。城の城壁の出入り口にいた衛兵の姿を珍しく見たり、友人が一緒に写真に収まったりするのを見ていた。今回ドラマの中で同じ格好の人達が出て来て、なにか懐かしさを感じ、私も写真を撮ってもらうんだったと後悔していた。

「イ・サン」を見ていて、水原市、華城という地名が出てくるにつけ、行ったのに……という想いになり、今回改めてアルバムを開いてみた。すると、世界文化遺産としての華城のパンフレットをしっかり貼っていた。それによると、

「朝鮮王朝第二十二代正祖大王は、自分の父親が政争によって犠牲になった（米櫃に閉じ込められ、残酷に殺された）ことを常に悼みとして持ち、親孝行心を持って成長した。そして、祖父に続いて即位し、十二年後、父親の魂を慰めるため、父の遺骸を水原の南に移した。華城は、正祖が二年八カ月をかけて築城した華麗で雄大な城郭である」

と記されていた。歴史を知って、このドラマを先に見て華城を訪れたなら、もっと違った目で眺めただろうに。

以前日本で、ペ・ヨンジュン主演の「冬のソナタ」がブームになった時、ロケ

地巡りのツアーが人気だと聞いて、ちょっと鼻先で笑うような想いを抱いていた私だが、今はその人たちの気持ちがよく分かる。今、水原市ツアー募集があったら一も二もなく、申し込みたい、が本音だ。

このドラマが終了してから、私は図書館に行き、「朝鮮王朝史」を借りてきた。そして、人名はいい加減に読み、英祖から正祖、そして、純祖への大まかな歴史の流れを一週間かけて読んだ。そこにある史実、それをドラマの場面と重ねて読み合わせた。

次の歴史ドラマ「トンイ」は、もっと事前に学んでから毎週楽しみに見たいと思っている。放映まであと二カ月ぐらいしかない。急がねば。

みやこんじょうのばあちゃん

「みやこんじょうのばあちゃんとこは、五日に行くように計画して、姉ちゃんにも連絡したよ」

埼玉に住む息子たちが、年に一、二回、家族で帰省するときのスケジュールに、必ず入っている都城行きだ。

昭和四十一年四月、私は七月出産予定の大きなおなかを抱えて転勤した。中学の体育教師から初めての小学校担任としてである。慣れない土地での慣れない勤務。まだ車も持てず、校区内に家を借りての徒歩通勤だった。重い鞄とおなかを抱えて、泣きながら通った日もあった。

今は育児休暇制度まであるが、当時は産前産後六週間という中での出産であった。六月末より休暇に入り、肉体的にも精神的にもゆったりした反面、身二つになったら子供をどうするかという問題が突き付けられた。

私は初産で、産むときの恐怖、不安ばかりが募っていたが、その後の子育ての方が数倍の努力を要することに、今さらのように思いを巡らしていた。住んでいた地区にも保育園はあったが、三歳以上ということだった。

産前には預け先を見つけられず、問題の解決は産後に持ち越された。借家の大家さんにも、預かってくれそうな人に当たってもらったが、快い返事は得られていなかった。焦った。そして産後、それも復帰三日前ぐらいだったろうか、大家さんが朗報をもたらしてくれた。

「先生、北条ハルエさんが『ぐらしか（かわいそうに）、わたしがみちゃぐって（みてあげるから）』って言やったですよ」

ハルエさんは、我が家から歩いて三分ほどの所に住んでおられる五十代の主婦の方だった。私は、胸をなでおろした。そして、勤めから帰ってきた夫とその喜びを分け合った。その後ハルエさん宅へ娘を抱き、顔合わせを兼ねて挨拶に行った。ハルエさんはにこにこして迎えてくださり、「むじもんじゃ（かわいいものだ）」と言われた。そしていよいよ復帰の日を迎えた。

はじめの数日は、私が出勤途中に預けに行ったが、そのうち朝食前に迎えに来て連れて行かれるようになった。ミルクを飲ませ、おむつを洗い、お風呂にいれ、と親身になって世話してくださった。

勤務を終え、立ち寄ると、

「もう全部済んだよ、あとは寝せるだけ」と、笑顔のご主人に言われ、傍の布団に目をやると、そこには風呂上がりでほっぺたがピンクになった娘がいた。娘は四二〇〇グラムで生まれたので、結構重かった。私は感謝の気持ちいっぱいになりながらも夕食の準備もあるのでと急いで連れ帰った。

早速寝かせていると、乾いた洗濯物を届けに来たハルエさんに、

「先生、ぐらしか（かわいそうに）、いっときゃ抱いてやんないよ」と、たしな

められたものだ。

娘が三歳になると、保育園に預けることにした。がその送迎もハルエさんだった。ある日のこと、ハルエさんに言われた。

「先生、もう一人産みない、見てあぐっで（みてあげるから）」

私は自分が一人っ子で育ったのと、お産が重かったので、一人でもいいかなあと思っていた。しかし、ここに実家の母にも勝る養育者がいて、さらに大家さんの応援もあることを思い、決心した。

こうして昭和四十五年、生まれたのが長男である。ハルエさんは長女の時と同じように、約束の保育時間を超えて、家族の皆さんで可愛がってくださった。おかげで私は、慣れない小学校教師と子育てを両立していくことができた。ハルエさんがいなかったら、私のその後の教師生活はなかった。また「『三つ子の魂百まで』と言うからねえ」が口癖のハルエさんに育てられたからこそ、二人の子供たちは順調にいい子に育ったとありがたく思っている。

二人一緒にみてもらえた時期も過ぎ、長女が小学校に行き始めると、帰宅後はハルエさんの所に帰る日々が続いた。病気の時も預かってもらえ、怪我することもなく実の孫以上に大事にしてもらえた。二人とも「ばあちゃん、ばあちゃん」とハルエさんを慕い、実の祖母を羨ましがらせた。

こうして都城を去るまでの八年間、今でいえばゼロ歳児保育から学童保育まで、二人を引き受け、育て、見守ってくださったのである。

その後毎年、夏と冬に二人を連れて行き、成長ぶりを見てもらった。また、宮崎の家にご夫妻を招待したこともある。十数年後には、娘の結婚式に来てもらい、晴れ姿を披露できた。その時、目を細めながら娘の花嫁姿を見ていたハルエさんのことは忘れられない。

さらに月日が流れると、娘も息子もそれぞれの子どもを連れて訪問するようになり、それが現在も続いている。曾孫に当たるその子供たちも「みやこんじょうのおばあちゃん」と呼び、少し耳の遠くなったハルエさんの周りではしゃぎ、膝に抱かれたりもしていた。

ハルエさんは、年に一、二回のその訪問を心待ちにしていて、

「あんたたちをみちょった頃が一番楽しかったがぁ……」

と、毎年のように言われていたという。

そのハルエさんが亡くなられ、二度目の夏を迎えた。

「姉ちゃん、みんな行くよ。車に乗って」

息子の声がした。

三、あわや万引き

＊本章における作品題下の（　）は、エッセイ教室における講師の出題を示すものです。

夏の始まり（出題　夏）

私の夏は六月に始まっていた。そして、夏休みいっぱいが夏本番といえた。これは、私が小学校高学年の頃のことだから六十年ほど昔の話だ。

六月一日、それは鮎漁解禁の日である。五月のうちから、休日や夜になると、父は部屋に道具を広げた。それは友釣り用の針であったり、鮎かけ用の針やゴムだったりした。それに竹竿もである。私は、邪魔にならないようにちょっと離れたところでそれを眺め、一緒に行く日を楽しみに待った。

ある日曜日、父は鋸、鉋、小刀、ガラス板、ろうそくなどを用意して廊下に腰かけた。

「お父さん、何を作るの」

「まあ、見ときなさい」

板をけずり、面取りをして、四角い箱のようなものが出来ていく、

「あ、分かった。箱メガネだね」

「うん、去年までのじゃ、千佐子の顔にはもう合わんからね」

「やったあ、私のだ」

それから顎の大きさに合わせて覗くところを削り取り、握り手に恰好の枝を用意して取り付ける。最後に水の浸入を防ぐためにガラスをはめた部分に蠟を流し込む。

道具の準備は整った。あとは鮎のいるポイントを探すだけだ。父は、堤防を自転車で走ったり止まったりしながら川面を見ている。家から近いところの時は、私も付いて走った。父は自転車にまたがり、片足は地面につき、川面に目を凝らしている。夕日がキラキラと水面に輝き、見づらい。

「ねえ、何を見つけるの」

「石を見て。苔を食べた跡が残ってないかどうか探してるんだよ」

「見えんよ、キラキラしか……」

「よーく見てごらん、ほら水の中でキラッと光ることがあるから。それが鮎が泳いで翻っているとこだよ」

私は眼を凝らして見つけようとしたが、川岸の草にも邪魔されて、駄目だった。

六月一日、解禁の日が来た。事前に河川組合に遊漁料を払い、鑑札が貰ってある。それを鮎を入れるためにブリキで作った容器（ボッポと呼んでいた）に付けて出かける。といっても六月一日が平日だと小学校に勤めている父は動けない。夏休みまでは専ら土曜日の午後、日曜日が漁の日だった。

友釣りの時の私の役目は、獲れた鮎を入れたボッポの移動で、後は見てるだけ。ところが夏休みに入ると、父も休みの日が多く、連日川へ向かっていた。そうなると、私も膝頭が水につかるぐらいのところに入り、鮎を針から離すことをしたり、おとりの鮎を運ぶことをさせてもらえた。

八月、網を入れていい日がやってきた。水深より縦網の丈が短いので、これでいいのかなあと思ったことがある。でも鮎は網の上を跳び越えることはないので浮きは水中でもよく、丸く囲んだ中にいる鮎を箱メガネで覗いて、ひっかけるやり方になる。時折、父の長い竹竿の後ろが勢いよく動く。こうなると、私も胸近くまでの水中に立ち、父手作りの箱メガネを覗くのだ。そして銀鱗を翻す鮎をみては、「お父さん、もっと右よ右」と言ったり、鮎がかかると、「わあ、こっちこっち」と声をかけたりして鮎を外す。

ゆったりと手の中に握ると、ぬるっとした感覚があり、キュウリのようないい香りがした。逃がさないように気を付けながらボッポの中へ入れる。

その夜は、せごし、塩焼きが食卓に並び、父は、その日の様子を得意顔で話していた。私はそれを聞きながら頷いたり、箱メガネで覗いた水中の様子を、母に伝えた。

私の夏の思い出は、父との鮎漁である。箱メガネは実家にまだある。

無人島に持っていく本（出題　私の一冊）

「無人島に本を一冊持っていくとしたら、あなたは何にしますか」

この質問に、あるお笑いタレントが「広辞苑」と答えたというのを、相当昔に何かで読むか、聞くかしたことがある。その時は、笑いを取るためとはいえ、何が面白くて辞書なんて、と思ったものだ。

しかし、今なら共感できる。へたの横好きで文章を書くようになり、自分の持つ語彙数の乏しさを痛感しているから、色々な言葉を見て、きっと退屈することなく過ごせるだろう。とはいえ、最近の私は、小さな文字が読みづらくなっているので、読むのに飽きたら、広辞苑を枕に横になり、また何かの重しとしても使えそうだ、などとけしからんことも考えたりする。

本を読むのは大好きで、その時々で感動もするのだが、この一冊で人生観が変わったといった類のものは残念ながらない。それでも最近惹きつけられているといえるものはある。それは「二度とない人生だから」という一冊である。わずか四十七ページのものなのだが、なんと多くのものが盛り込まれていることか。

これは、詩を基にした合唱組曲として出されているもので、読み物ではない。別に同名の著書もある。著者は仏教詩人、坂村真民だ。熊本で生まれ朝鮮にわたり、その後、愛媛県に落ち着き、教師退職後は詩作を続けた人だ。私がこの名前を知ったのは二十五年以上前になる。

我が家は仏教である。「時宗」という宗派なのだが、両親が亡くなってから、ある時必要に迫られて時宗のことを調べた。そして、宗祖は一遍で、遊行の人であったことが分かった。それらのことを調べるなかに、坂村真民という人がでてきた。そこで名前を知り、真民が一遍上人に傾倒している事実もつかめたのである。

それから三十年近くも経って「二度とない人生だから」で再びその名と詩に出合うことになった。

真民は、「二度とない人生だから、一輪の花にも無限の愛を注ぎ、一羽の鳥の声にも無心の耳を傾けよう」と訴える。鳥や花や虫たちを、こよなく愛するという詩人ならではの感受性でとらえられた詩が並ぶ。

そして、究極のところは、頂いた命をしっかり生きることこそ人間の使命だと言い、そして一日でも長生きしよう、と語り掛けているのだ。

今回は合唱組曲というスタイルである。それは、作曲家、鈴木憲夫の手になるものだ。鈴木氏は、「はじめに」のところで「二度とない人生だからこそ、生きることの意味を、真実を語りかけているような気がする」と述べている。

今回は詩の言葉としてだけではなく、旋律、ハーモニーが付き、表情記号により一段とその想いが鮮明になっていると思った。真民が一遍上人に傾倒され、住まいまでこだわったというのも分かる。私も齢を重ね、真民の詩の想いに頷き、共感したものを歌うことにより、聞いてくださる方々の心に届けたいという気持ちである。

平成二十年九月七日、これらの曲を演奏会で歌う。無人島には、この原書の一冊を携えていくことにしようか。

跳び越したい（出題　失敗に学ぶ）

「なんべん言ったら分かるかなあ」

「人の話をいい加減な気持ちで聞いているからですよ」

こんな声が聞こえてきそうな受講三年目の秋である。

私は文章を書くのが好きだ。折を見て新聞に投稿したり、同人誌といった類のものにも発表の機会を求めたりしてきた。そして、世の中の自分史づくりブームに乗り、怖いもの知らずのまま、六十五歳までの私を一冊にまとめた。

自分史は誕生のときから過ごしてきた時代を背景に、自分自身のことを書くので、事実を述べ、その時の想いを書き綴っていった。掲載してある文は、その殆どが添削指導を受けてなく、自己推敲だけであった。そして書店にも並ぶことになった。しかし、事実の羅列のみだという思いと、挿入した写真に助けられたところが大きかったので満足できなかった。

今度はエッセイが書きたい。私がその思いでいた時に、エッセイ教室開講の話を聞き、飛びつくように申し込んだ。

講座の時間の前半は、講義が行われる。初めて知る話、知ってはいたが認識が甘かったなあと痛感させられる内容など盛りだくさんだった。毎回知る楽しみにワクワクドキドキで、学生に戻った気分だ。

後半は、自分の原稿を講座生の前で読み上げる。既に指導者の添削が入っているものである。が、添削前の文章を読むのだ。題が提示されて書くこともあった。ある事象への視点、切り口が人様々であることを知らされて興味深く、新しい知識も増えていった。と同時に、自分の語彙の少なさや、文章表現力のなさを痛感させられた。

月日を重ねて、自分の原稿だけを振り返ってみると、エピソードの取り上げ方、用字、用語のこと、文末のまとめ、どれをとってもうまくない。下手だから教室に申し込んだのだからと言い訳してみても、同じような指摘を何回も受けると、めげる。悩みが増し、焦りがさらに失敗を招く。

その失敗作の例だ。一編の作品が出来るまでの流れを書いた回があった。下書き用ノート、鉛筆、消しゴムの話に始まり、具体的に取り組んでいる様子を書いたつもりだった。しかし、返稿されたものについていた総評には、「なるほどよく分かるが、作品を仕上げていく過程の苦悩とか、うまくいったときの高揚感みたいなものが伝わってこない」とあった。

私は、三十二年間、小中学校の教師をしていた。小学一年生を担当した時のことだ。冬になると、体育の授業に縄跳び運動を取り入れた。進級カードを用意し、体育時だけでなく、昼休みを利用して挑戦させた。点検は担任である私の仕事。だから昼休みもなく、「先生見ててね」の声に印鑑を持って校庭に出た。一年生としての最高級技は、二段跳びだった。その技にチャレンジする子供たちが出てくる。しかし、なかなか合格しない。そして悔しがる子供たち。ところがある時、そこにある溝をひょいと跳び越したかのように出来るようになる。

「先生、先生、出来たよ、見ちょって」

と、顔を輝かす。勿論たゆまぬ努力の結果ではあるが、ひょいと障害物を跳び越えたように出来るというのは凄い。

私もある日、あの子供たちのようにひょいと何かを越えて文章力アップとはいかないだろうか。と、自分の学習力のなさは棚に上げて、これぞエッセイ、とお墨付きをもらえるような日が来ることを夢見ている。

エッセイ教室の壁に貼ってある「継続は力なり」を思い出しながら、原稿用紙に向かおう。

間違い（自由題）

「Mさんのご主人が亡くなったので高鍋に来ています」

ケータイに一通のメールが入った。福岡に住む友達からだ。

その日の午後、彼女と連絡を取り合って斎場に向かった。部屋に入ると、正面に祭壇が設置され、大きめの遺影があった。生前、一、二回しかお目にかかったことはない。でも、よく知っているような……と思っていたら、狐狸庵先生こと、遠藤周作さんに似ていると思い当たった。喪主であるMさんのところに歩み寄ると、彼女にはいつものように優しさがあふれ、微笑んでいるようにさえ見えた。

多くの参列者が次々に喪主に挨拶に行く間を縫って、五人の同級生と一緒に一列に並び腰を下ろした。順序にしたがって式は進み、玄関で遺体をお見送りした。

その後、ミニ同窓会のような昼食の折、闘病していたご主人に精いっぱいの看病をした彼女だから、微笑んで見えたのだろうという話が出た。そして次は、彼女を元気づけるために集まろう、と再会を約束して別れたのだった。

福岡に帰る彼女を高速バス停まで送り、自宅に戻った私は、式の様子や、ご主人が長年透析をしておられたことなどを夫に話した。

「ご主人は何歳だったのか」

と聞かれ、会葬お礼の品物を入れてもらった紙袋を取ろうとした。すると、表面の切込みに指してあった葉書状のものがハラリと落ちた。開いて文字を目で追う。

「えーっ、なに、これ」

大声を発した私に、夫は何事かと尋ねた。

「夫○○儀、三十八歳にて急逝いたしました」とある。よく見ると、喪主の住所は西都市だ。全く別人の会葬お礼状である。慌てる私に、

「お前、別な人のところにお悔やみを差し出したんじゃないか」

「いや、確かにもう一組、案内板にはあったけど、まだ受付の人もいなかったし、彼女のところは、すぐ入口の受付だったから絶対間違いないよ」

私が、会館の玄関を入ると、すぐ左側に受付があった。そこでお悔やみを差し出し、お礼の品を確かに受け取ったのだった。

それからの私の慌てぶりは我ながら異常だった。高速バスに乗っている彼女にメールしたり、一緒に参列した同級生に電話したりして、葉書のことを尋ねた。ある人は、間違いはなかったが同じものが二枚入っていたと言った。

改めて葉書に目をやる。喪主は妻だが、横に三人の子供の名前があった。父親が三十八歳ということは、まだ小学生ぐらいだろう。急逝とあるが、交通事故だろうか、ひょっとして自死、などと想像を巡らせたりした。

会館へ電話し、事情を説明すると、驚いた様子が伝わってきた。

「こちらで調べて改めて連絡いたします」

小一時間近くたって、「なぜそういうことが起きたのか分かりません。ともかく明日にでも改めてお送りします」という答えが返ってきた。さらには間違えた分はそのままどうぞ、と言われたが、私は、その葉書の処分をする気にはとてもなれず、翌日、品物と一緒に会館へ送った。

後日、「このようなことが起きないよう、今まで以上に努力していきます」という手紙が届いたが、事が事だけに気分は暫く晴れなかった。

こういう経験は一度で十分だが、教えられたこともある。葬祭場が大きい場合、同時に複数の告別式が行われることがあるし、死者に対してあまり縁が深くない場合は、遺影を見ても分からない場合すらある。

お悔やみを出す場合、しっかり確認する必要がありそうだ。御返しの品と共に必ず「お礼のことば」というものが添えられている。普通帰ってから開くのだが、このことがあって以来、斎場内で故人を偲ぶ意味あいを持たせ、家族のことも分かろうとして開くことにした。

現実と想像の狭間で（出題　思い出の人）

その人の名は河野龍子、東京神田生まれの江戸っ子である。六十七歳から七十歳までの彼女が、最近の私にとっての思い出に残る人であり、憧れの人である。

彼女は若いときに道ならぬ恋をして、身籠もる。そして、彼の住む東京を遠く離れた徳島で、娘の咲子を産んだ。夜の街で働き始めて、二年目に独立して店を持った彼女だったが、パーキンソン病と診断された途端に、店をたたみ、引退した。さらに癌が見つかり、ケアハウスに入居した。母一人子一人のなかで咲子は、母親の老後を看ることを当然と考えていたのに、龍子は、

「私は私なりに自分の人生の幕引きをするから、これからのことは自分の老後のよい雛形だと思って、私のことをちゃんと見てらっしゃい」

と言い放つ。かっこいい。こういうことが言える母親でありたいものだ。しかし……。

私の娘は近くに住んでいる。私達に何かがあったら駆けつけてくれるだろうと、心のどこかで思っている。夫は期待すると裏切られた時のショックが大きいから、期待しすぎるなというのだが。私は、細かい心づかいの出来る娘なので裏切るようなことはない、と幼いころからのことを思い出して夫に話した。

龍子は人をそらさない面倒見の良さや、細やかな気遣いを忘れない人なつっこさ、そして正義感の強い気風の良さを兼ね添えている。私に欠けているものばかりだ。

彼女は言いたいことは言う。それがはっきり表れたのは、ケアハウスを運営している総合病院に入院していた時のことだった。点滴をする若い看護師が、うまく出来ずに、「そこは痛いからやめて」と言ったにも拘わらず、そこに針を刺した。その時龍子は、「あなたの仕事は患者を診ていない。お医者様を向いています」と、周囲が思っていても言えないことを言ってのける。溜飲が下がる思いだ。さらに「患者があなたに頭を下げているのは、あなたの後ろにいる医者に下げているのよ」と続ける。

そして、私の心に一番残り、憧れたという事件が起こったのは、その数日後のことだ。先日の看護師と若い医師が廊下を通りがかり、龍子の部屋と知らずに、点滴のことを気にしている看護師に向かって医師が言う。

「気にするなよ、なあに、すぐベッドが空くんだから、ほんのちょっとの辛抱だと思って乗り越えよう」

それを聞いた龍子が黙っているはずもなく、ベッドの上に正座し、勢いよく周囲のカーテンを開いた。そして芝居がかった驚くほど凛とした強い声を放った。

「おわけえの！　お待ちなせえ！」

私は、次に発せられる言葉を期待して、鳥肌立つ思いだった。その場で制止する咲子の手を振り払い、凄味のある声で啖呵を切った。

「今、なんて言った。どうせすぐにベッドが空くからちょっとの辛抱だぁ？　やい若造、……。」

ここまで書いてきたことは、実はさだまさし著『眉山』という書物の中での話である。

この病室での場面がどのように再現されているのかを楽しみに、映画『眉山』を見に行った。宮本信子演じる龍子のセリフが聞きたかった。しかし、サラッと流してあった。勿論ストーリーからすれば、父親のことを知らされ、阿波踊りの会場で、父と母が車椅子ですれ違うという場面までの紆余曲折が中心にあるのだから、病院でのシーンは軽く扱われていたのだろう。そうは思っても残念だった。

本を読み、映画を観てほどなくした頃、私は、徳島に行く機会を得た。そして眉山を見上げ、ロープウエーで展望台まで登り、眼下に徳島の街を見ながら、龍子が男性の郷里、徳島に住み、ここに来て何を思ったのだろうと、小説の世界が現実であるかのように胸が痛かった。阿波踊り会館では、娘の咲子が連の中で踊っているような錯覚に襲われ、ますます現実と小説の世界が渾然一体となり、暫くその場を離れられなかった。

その後龍子の病状は進み、検体を申し出ていることを知った娘は、自分のペースで生きて来て、自分のペースで死のうとする母を支えて行こうとする。私は、その姿に圧倒された。河野龍子、すごい女性だ。

阿波踊りの笛や鉦の音、踊り手や見物客の熱気、エライヤッチャエライヤッチャ、ヨイヨイヨイヨイのかけ声など、全てのものが眉山から街を眺めている私のそばを流れていった。

今はまだ秋（出題　秋）

歌手、岩崎宏美が昭和五十二年から歌っている曲に「思秋期」というのがある。「青春は忘れもの　過ぎてから気がつく」という歌詞が印象的だった。私にも、歌われているような時期が、遠い昔あったのよねえとチラッと思い出させてくれた。歌詞に青春という言葉が出てくる。

そういえば私は以前青春、朱夏、白秋、玄冬という四つの主題を持つ、合唱組曲「宴」を歌った。これは、人生を四季に譬えて、それに色彩を付けた人がいたということから、宮崎市に住む、赤木衛氏が詩作（作詞）したものだった。一九九六年に歌ったのだが、私はその楽譜に人生の別の表し方を記入していた。それが学生期、家住期、林住期、遊行期というものだった。

五木寛之著『林住期』に出合って自分の人生に置き換えて、ショックもあったし、学ぶことも多かった。『林住期』によると、古代インドでは、人生を四つの時期に分ける四住期という考え方が生まれ、人々の間に広がったという。これが、人生を四つの時期に区切って、日本でも知られるようになってきたのだ。

私は今、その区分でいうと、一生の中の林住期にある。五木寛之は、「これは五十歳から七十五歳までをいい、これは別名人生の真の黄金期という」と述べている。

さらに「林住期とは、社会人としての務めを終えた後、全ての人が迎える、最も輝かしい第三の人生の事である」とも書いている。今、私は、そのなかにいるのだと思うと、嬉しいと同時に当てはまるだろうかという想いで読み進めた。

私は、定年まで勤めず、早期退職した。理由は、他にやりたいことが見つかったからではなかった。子供が社会人になったのを見届けたからと言えば聞こえはいいが、その時期と私の教育に対する熱意に翳りが見えたのが同時期だったことによる。

退職して二カ月が過ぎようとする頃、コーラスグループに入った。教える側から一転して逆の立場になり、楽しくも忙しい日々が始まったのである。

多くの曲に出合った。著名な作詩者、作曲家にも指導してもらえた。詩や曲にどのような想いが込められているかを、直接聞けるのは有意義だった。また、九州各県をめぐるおかあさんコーラス九州大会、その次の段階にある全国大会、そして海外との交流での海外公演。私は、多くの喜びをグループの人達と共有している。

人生五十年と言われた時代と違い、現在は七十歳といえども、人の一生から考えるとまだ秋。私はそう思いたい。そして生活の中で、本来の自分を見つめる、心の中で求めていた生き方をする、こういう姿勢で過ごせたらいいなあと思っている。

岩崎宏美の、過ぎてから気が付くと同じようにならないように、自分のために残された時間と日々を過ごせたら本望である。
白秋と言われる林住期はあとわずかだが、その人生の秋を謳歌しよう。

店長と私（自由題）

私は、最低、月に一回は美容室に行く。そこの店長とは二十年近くの付き合いになるだろうか。出会ったのはある大きな美容室。彼女はまだ独身だった。そこで私の担当になった。

私は、多少皮膚アレルギーがあったので、シャンプー剤や洗髪の仕方について気を配ってくれたのである。そして、数年後、彼女は結婚し、独立して店を構えた。私は、当然のように彼女の店の客となった。

美容室では、女性週刊誌を手に取ることがある。日頃見ることがないので、楽しい。客が少ない場合は、店長と専ら世間話である。病気の話、テレビ番組の話、そして、学校に関することなど様々だ。

それにしても、老若男女とまではいかなくても、様々な客に合わせて会話をするというのは大変だろう。

私が教員だった頃、彼女は、自分の娘の担任の話など、明らかに遠慮して話していたように思える。今や辞めて十年以上の私ともなると、担任の話、ＰＴＡ役員の活動についてなどは「聞いてくださいよ」と、日ごろの不満の吐け口になっているようだ。私は、専ら聞き役に徹する。彼女は、櫛やハサミを器用に動かしながら、他の客から聞いた学校の部活のこと、教師のことも、鏡の中の私に語り掛ける。

病気の話になると、店長は一層饒舌になる。病気に対して、各病院の対応ぶりを語り、「Ｋ病院のＯ先生は上手らしいですよ」となる。これ等は彼女がそこに行ったのではなく、店を訪れた人達が語ったものを伝えている。

わたしが以前、坐骨神経痛を患ったとき、その辛さ、三つの病院での診断、対応などを話したことがある。これ等の事はきっと、彼女の口から他の客へ情報として伝えられたに違いない。

江戸時代の滑稽本に『浮世床』というのがあり、髪結で順番を待つ間の江戸庶民の会話が載せてある。これに倣って、店長との会話を細かく記録すると、面白いものが出来るかもしれない。

きれいに整えられた髪を合わせ鏡で見せられた後、外に出ると、いつもより青空が広がって見えた。

あわや万引き

水曜日、私は友人と映画を観ようと、イオンショッピングセンターに出かけた。チケット売り場には、既に多くの人が並んでいた。水曜日は千円均一の日で、全席指定となっている。

と、勢い込んで書き始めてはみたものの、六十五歳をとうに過ぎている私は、シニア料金ということで常に千円という設定だ。だから観客の多い水曜日に出向かなくてもいいのだが、その日は午後の計画に合わせて、たまたまそうなってしまった。

上映開始時刻十分前の入場にまだ少し時間があったので、「本屋さんにでもいってみようか」と言って、近くの書店に入った。店内には多くの人の姿があり、レジの店員さんも忙しそうだった。平積みになった本のタイトル、作家名を見ていく。芥川賞、直木賞などという文字も目に飛び込んできた。

この店の一角には文房具が置いてある。次はそこに向かった。すると、以前から欲しいと思っていたボールペンがあった。「あっ、あった」と一本を抜き取る。私はそれを持ち、再び本の所に戻った。文庫本、新書版がたくさん並んでいるところに行くと、手に取って見たい本が目についた。私は、ボールペンを、平積みの本の上に置き、あれこれとページをめくった。

暫くして、店の奥まったところにある仏教関係の本のところに行こうと動く。ボールペンは、左手中指と人差し指の間にはさみ、二本の指を動かしながら。これは私の気持ちを表していた。

〈このボールペンは、まだお金払ってないけど、後でレジに行くんだからね〉と周りの人への自己弁護である。

私は、映画も書店も一人で出かけることが多い。でも今日は友人と一緒だった。その時になって、「ねえ、何か見たいものある？」と尋ねると、彼女の返事は「別にないよ」というものだった。私の気配りが足りなかったと少し心が痛んだ。彼女は私の言葉に気を遣ってか別のコーナーに歩いていった。

暫く店内を巡って時計を見ると、入場開始時刻が近い。周囲を見回すと、彼女は所在無げに棚の本を眺めていた。私は急いで傍に行き、「そろそろ行こうか」と声を掛けた。

奥の方から中央レジを通り過ぎ、あと二歩で店の外に出るというところで、左手に握ったボールペンに気付いた。

「わあ大変、もうちょっとで万引きになるところじゃった」

私は反射的に辺りを見廻しながら、慌ててレジに並んだ。友人は店の入り口で笑いながら、私の慌てぶりを眺めていた。ボールペンを握っている私の手は汗ばんでいた。

小さな一歩

日曜日の午後の街は、暑い日差しの中に浮き出して見えた。私は汗を拭きながらデパートに入った。去年までは、入ると急に冷たい風が頬を撫で、涼しさを感じていた。ところが今年は、一歩踏み込んだときには少し涼しさを感じたものの、店内を歩いていると、すぐ汗ばむことが多くなった。私の体質が変わったのだろうか。確かに夫に比べると、異常だといわれるほど暑がりだ。しかし、そのせいではなさそうである。

世の中、エコが叫ばれるようになって、冷房の温度を上げようという試みがなされていると、テレビ、新聞などで知ってはいた。しかし、暑い街を歩いて店内に入って感じるあの快感は、やはり忘れがたい。

確かに我が家でも、冷房のスイッチを入れた時こそ二十五度だが、暫くすると、二十七度で微風にする。デパートも同じで、中で働いている人達にしてみれば、さほど冷やす必要はないと思っているだろう。

私は、早くも夏物のバーゲンセールを示す赤札を見ながら、四階、五階と移動した。うっすらと汗が滲み始めた。店員に「ここの設定温度は何度ですか」と聞いてみたくなる気持ちをかろうじて押さえながら、喫茶店に逃げ込んだ。

私は今まで、夏といえどもコーヒーはホットというのが多かったのだが、今年は「アイスコーヒーをください」ということが多くなった気がする。注文して暫くして、やっと汗が引いたように思ったとき、店内放送が流れた。

「日本百貨店協会からのお知らせです。地球温暖化対策のひとつとして、店内の冷房温度を緩和する取り組みを行っています。八月三十一日まで、店内の温度設定を通常より緩やかにしております。皆さまのご理解とご協力をお願いします」

ふと私の視界に入った人たちの注文品をそっと見てみると、抹茶金時、ミルク金時、そしてアイスコーヒーなど冷たいものが多いようだった。気温の上昇で注文する品も変わってきているのかもしれない。

アイスコーヒーと店内の緩やかな冷房で汗の引いた私は、冷房だけでなく、世の中にマイ箸、マイバッグなど小さな変化が起こっていること、自分もそれを実践していることに思い当たった。

そして、この変化を一歩にして、大きな変化へ移っていくことを願い、ビルの表示温度三二度の街に出た。

学ぶ楽しさ

六月、授業公開という試みのなか、私は高校生に戻った気分で五時限目の授業を受けた。科目は国語。漢文で、故事三篇のなかのひとつ「狐仮虎威」だった。場所は孫の通う市内の高校、一年E組の教室。

一時二十五分、予鈴と共に校舎に入った。祖母なのでちょっと遠慮して教室後ろ、廊下側の出入り口に立ち、左半身を教室に入れ、聞くことにした。担当は女性教師で、まだ若い。三十代だろう。参観者は私一人だったので、ちょっと緊張していた。

先ず宿題として出されていたプリントの答え合わせだった。回答者が一人指名され、次はその横の人に移っていく。

「Kさん、スタンダップリーズ」

先生の口から漢文とはおよそ似つかわしくない英語が飛び出した。さらに、理由を述べる必要のあるところで、

「ホワイ? なぜ」

私は驚いた。いつもこのような調子なのだろうか。この若い女教師は英語を担当したかったのかなどと、突飛なことも思った。

漢文は、少し年配の男性教師が、いかめしい顔をして行うというような、先入観を持つ私の方がおかしいのだろう。日常生活とかけ離れた漢文なればこそ、高校生に受け入れられるよう英語なのかと思い直したりもした。

授業は、宿題の答え合わせをしながら次々と進む。授業といっても研究授業ではないから、山場、見せ場があるとは思っていなかった。ただ学ぶ楽しさを感じることは到底できない、それのみの五十分だった。

終わりに近づくと、「ここは暗記しておくこと」と言って、板書のある部分を

赤のチョークで囲んだ。さらに、「ここは、今でもテストに出てるからね」と念を押す。高校一年生とはいえ、進学校だ。大学受験を目標にして授業は進むのだろう。

私は教室にいて、東大合格請負漫画『ドラゴン桜』を思い出していた。これは、東大に合格させるために、教師があらゆる指導法を駆使し、生徒を変えていくという話だ。生徒はその路線に乗せられて動く。学ぶ楽しさなどとは程遠いものである。しかしその中に、多くの頷けることもあつた。自信をつけさせるひとことや、段階的に納得させて、その状況に導くという手法などだ。

振り返って五十年前の私の高校時代はどうだったか。現代文の分野で、作品名と作家名を暗記させられた記憶はあるが、作品を読み進める楽しさなどは、なかったような気がする。

四月、孫娘の国語の教科書と参考書を見て欲しくなり、買い揃えた。そして今回、予習をして授業に臨んだのだった。今、私が高校生になれたら、受験のため

の勉強ではなく、知る楽しみを満喫したいなあと、あり得ない想像を巡らせていた。その時、

「虎の威を仮る狐を現代語訳するとどういうことですか。はい、中武さん」

一瞬ドキッとし、私は口を開きそうになった。これは有力者の権威をかさにきて、いばるものの例えである。

孫は席を立ち、自分の考えをゆっくり発表し始めた。私は頷きながらそれを聞いた。

郵便物投函事情

「もしもし、郵便物の集配時刻の十二時頃というのは、十二時前後何分ぐらいをいうのですか」

私はポストに明示してあった番号に携帯から電話した。場所は西都市の、あるショッピングセンター近くのポストの脇、時刻は十一時五十分。

その日、宮崎市から西都市へ向かう途中、ポストを見つけて郵便物二通を投函しようと家を出た。ところが、車の後部座席に置いていたこともあり、忘れてしまったのである。

ショッピングセンター近くのポストは、以前利用したことがあり、十二時頃集配というのは覚えている。今までは投函するとそのまま店内に入っていた。しかし今回は違う。それは、もう一通がレターパック三五〇だったからだ。

これは、縦三十四センチ、横二十四センチ、厚さが三センチあり、重さ二〇〇グラムまでのものを送れる大型郵便である。そのまま投函できますと表示してあるのだが、ポスト口に入りそうにない。それで集配車が来るのを待って、局員に渡せないかと考えた。

しかし、十二時頃というのが、私が予想している前後三十分の幅があると、もう集配した後かもしれないし、三十分以上待つことになるのかもしれない。そこで電話で確かめようと思いついたのだった。

応対した人は私の質問に、

「十二時頃というのは十二時過ぎです」

と言い、さらにポストの場所を聞いてきたので告げると、

「そこは十二時四十分頃です」

と言う。加えて、

「集配に回っている者に電話してみますので、良かったら携帯の番号を……」と続けた。私はそこまでしてもらわなくてもいいと思い、しばらくここで待ってみます、と電話を切った。

ポストの傍には大きな欅の木が作る葉陰があり、時折風も吹き抜け、木製のベンチもあった。腕時計に目をやると十二時を少し回っている。涼しいとはいえ、ここで三十分は待てない。私はスーパーの中からガラス戸越しにポストを見守ることにした。

一時半から用事があるので、それまでに昼食も済ませなきゃ、と時間のやりくりを考えながらも、視線はポストだ。

七、八分経った頃、郵便配達員の制服を着た男性が、赤いバイクに乗ってやって来た。ポストの横にバイクを停め、あたりを見回している。あ、私を探しているんだと思った時には、ドアを開けポストに駆け寄っていた。

「すみませーん、これを取りに来てくださったんですか」

「はい、そうです」

「わあ、わざわざありがとうございます。じゃあよろしくお願いします」

「はい、確かにお預かりします」

彼は、郵便物を両手で受け取り、バッグに入れると、にこやかな笑顔でバイクに跨り、暑い日差しの中、Uターンして走り去った。

私はそのあたたかな心遣いに感謝し、爽やかな気分で店内に入り、レストランへ向かった。

「そのまま投函できる」という表示がある以上、わざわざ局まで行かなくても済むポストにしてほしいという要望もあるが、一通の郵便物のために、わざわざポストまで来てくれたことは、差出人の想いを大切にしてもらえたのだと感じられ、とても嬉しかった。

レターパックは無事届いたと後日友人からハガキが届いた。

数日後、私はこの対応が嬉しかったので、西都郵便局長宛にことの顚末をしたため、お礼の手紙を投函した。その後、局長からではなく、担当課長という肩書の名刺と共に手紙が届いた。

それには「失礼とは存じますが、私の方から一言ご連絡がございます」と前置きして、郵便局の組織が民営化により四つに分かれていること、郵便局はその中の一つで、あなたからの手紙の内容は集配作業に関わることなので、郵便事業西都集配センター宛でないと、伝わらないようなことが書かれていた。

私は恥ずかしかった。郵政民営化という言葉については知っていたが、内容的には全く解っていない。その事実を突き付けられた気がした。手紙にはそのあとに、自分が責任を持って西都集配センターに伝えると書かれてあった。しかし私は、喜びより情けなさの方が大きかった。無知を恥じた。

翌日私は、民営化について尋ねようと近くの郵便局に出向いたのである。

指輪

玄関のチャイムが鳴った。夕食準備中ではあったが、左手で扉を押し開けた。そこには首にネームカードを掛けた男性が立っていた。年の頃は三十代半ばだろうか。「何でしょうか」と尋ねると「あ、貴金属で売ってもらえるものはないでしょうか」と言う。この男性は、個別訪問をして買い取る仕事をしているらしい。

最近テレビで見たのは、ある宝飾店にアクセサリーを売りに来ていて、ネックレス、指輪など数点を出すと、店の専門家が鑑定し、値段を提示する。客はそれを聞いて、納得できる価格なら売る、というものだった。年配の女性は、全て男性からのプレゼントだったと言い、二十万円近くを受け取っていた。最近、金の値打ちが上がり、そこに狙いを定めてのことだ。

「いえ、売るものなどありません」と言って扉を押さえていた手を緩めようとしたら、目ざとく指輪を見て「あ、それなんか高かったでしょう。特に中指のものはデザインもいいし」と続けた。

「いいえ、たいしたことありません」

「デザインだけでも見せてください」

と、なおも食い下がって来る。

私は、はっきり言わなきゃと思い、

「売れるような物じゃないし、売るつもりもありません」

と告げて、扉を完全に閉めようとした。すると、営業用の顔から表情を一変し、玄関を離れて行った。私は、左手を顔の前にかざし、二個の指輪を見た。

今の結婚式では、必ず指輪の交換というセレモニーがある。が、私の時はなかった。というよりしなかったというのが正しいだろう。その時点で、違和感はなかった。

結婚して数カ月経つと、証明するようなものが欲しいと思うようになった。左手薬指にリングがあると、「ああ、この人結婚してるんだ」と思うのに、以前と変わらぬままだと少し寂しいと感じ始めた。

ところが、今更「私指輪が欲しい」とは言えなかった。そこで私は、職場に時折来ていた宝飾店から月賦で買うことにした。十回払いだったように思うが、価格は憶えていない。

指輪が届いた日、それをして家に帰ると、さり気なく夫の前にちらつかせ、何か言ってもらおうとしたが、全く反応がない。とうとう

「自分で買っちゃいましたぁ」

夫は、

「ああ、欲しかったんだね、言えばよかったのに」

と言いながらニヤニヤしていた。

「私だけでいいのかなあ」

更に続けると、

「俺の指には似合わんよ」

夫は照れくさそうに言った。私は、それを真に受けたのだが……。

そして四十六年、私の指から外されることなく過ぎてきた指輪。誰が売るもんですかと思ったが、買いに来た彼が興味を持ったのは、中指のものだったと思い当たって苦笑い。中指のものは、退職する前に買ったものでデザインが私自身気に入っていたのだ。

数日後、宮崎日日新聞の「くろしお」や社会面に、「押し買い」の実態が掲載されていた。テレビで知らされていた通りのことがそこにあった。

文通

わたしは、五月から中学一年の女生徒二人と、時折文通をしている。きっかけは、宮崎日日新聞の投稿サイト「若い目」でA子さんの文を読んだ時からだ。

その文は、学校教育に新聞を活かそうということで推進されている事業の一環で投稿されたものだった。それを読んで「応援しているよ」という葉書を出そうと思っていたら、数日後に同じ学校の別の女生徒B子さんの一文が載った。

内容は、学校で宮崎日日新聞の「ことば巡礼」を読んでそれに対しての意見文を書いているというものだった。これは色々な分野の人達の文章を抜粋して解説してあったり、読者に呼びかける文だったりする。

B子さんは、中学生らしく「初めはめんどくさいなと思ったけど書き始めたら、政治のことなど色々なことが分かって、とてもおもしろいと思った」と述べていた。

わたしは、自分も「ことば巡礼」をチラシで手作りしたノートにスクラップしていること、自分なりの意見を書いておくのは、とても意義があると思うので頑張ってほしいといったことを書いた。更にいくつかの質問事項も付け加えて、それぞれに手紙を書き、連名で学校宛に送った。

一週間ほど経つと二人から返信があった。私の質問に丁寧に答えてあるだけでなく、部活動のことや将来の夢などが述べてあった。折り返し私は、手作りノート数冊を送った。

次に来た便りでは、ノートのお礼と詳しい自己紹介があり、誕生日、星座、血液型が書いてあった。そして、私に対しての質問として、「結婚してますか、誕生日はいつですか、血液型は何型で、何座ですか」とあった。

私は手紙を広げたまま笑い出してしまった。なんと可愛い。そうだよね、小学校を卒業したばっかりだし、うちの孫娘と同じなんだから……。次の返信は、B子さんの誕生日が近づいていたので、その日に届くように出した。

夏休みに入り、部活のこと、宿題の進み具合なども知らせて来たのだが、文頭は、

「千佐子さんえ、お久しぶりです」で始まる。便箋も封筒も可愛いものが使われているが、わざと千佐子さんえとかき、フー、つかれた、とあり、最後には、でわ②とある。これは「ではでは」ということで、バイバイにつながっていると読んだ。

以前高校三年の孫娘から携帯にメールがきたとき、「あすわ頑張ってきます」とか、「素敵な一日になりますよーに」などとあった。「わ」じゃなくて「は」でしょうというのは野暮な話なのだ。分かったうえで書いているのだから。孫娘のことがなかったら、元教師の職業意識が出て「え」じゃなく「へ」です、なんて書いたかもしれない。

私が七十歳だという事は伝えてあるが、年長者に対しての書き方も知らないなどと言うつもりは毛頭ない。封を切る時にはドキドキしているし、出すときはどんな返事が来るのかとワクワクして待つ。

日頃若者たちと接する機会が殆どない私は、今、彼女たちから来る手紙が楽しみである。

梅干しといっても

今年も梅の実を五十キロほど収穫した。それを見て「わあ、これをどうしよう」というのが毎年口をついて出る言葉だ。生り物には表年と裏年というのがあるらしいが、我が家の梅にはあまり差がないように思える。特別な手入れもせず、自然に任せているのだが、毎年欠かさず実をつける。

ミカンや柿のように、そのまま食べられるものは、甘さの違いはあっても人にあげやすい。しかし、梅はそうはいかない。梅干しにするか、梅焼酎にするか、梅ジュースか、煮梅かと考えてしまう。

今までにもいろいろやってみた。梅干しは漬けても一年では食べきれない。塩分を控えめにして、カビが生えたこともある。梅焼酎もずいぶん作った。棚にはガラス瓶が並び、出番を待っている。しかし、夫は全然飲まないし、梅焼酎よりビールの方が好きな私なので、これまた溜まっていくばかりである。それでここ数年、梅は加工せず、欲しい人にあげるのが常になっている。しかし、今年は違う。試したい梅干しづくりがあるのだ。

昨年の秋、姉のところで、福島県に住む友達が作って送ってくれたという甘い梅干しをごちそうになった。私は、若いとき、酸っぱい梅干しも平気で、「酸っぱい顔もせんでよく食べるね」と、母に言われていたものだ。ところが齢を重ねてくると、梅干しそのものが苦手になり、幕の内弁当の中の小梅すら口にしなくなっていた。そこに紫蘇の葉で赤く染められた甘い梅干しである。

もちろん、今まで食べたことのない味だ。甘いといってもお菓子のような感じではない。甘酸っぱい？　一口食べては「うーん」と首を傾げた。うまく表現できないのが悔しいが、でもおいしい。私は、三、四個食べて、来年梅をちぎったら作ろうとその時思ったのだった。

姉に作り方を聞いてくれるように頼み、レシピが手元に届いた。梅五キロで挑戦だ。容器は昔から家にあった壺にした。漬け込む前にアルコールで消毒する。壺の口の直径が、約十七センチ、下にふくらみがあり、またしぼむ。高さは二十七センチほどだ。逆さにして干そうとしたら、何やら数字が書いてある。よく見ると、二六〇と読めた。一瞬なんだろうと思ったが、すぐに思い当たった。二六〇円だ。

この壺は、実家にあったもので、多分祖母が買ったもので、代々使われてきたように思えた。すると突然「お母さん、うまくいくように見ててね」という言葉が口をついて出た。

先ず塩漬けにして、その後様子を見ていたが、分からないことが出て来て姉に尋ねると、福島に電話してくれた。その時、「えー、もう梅漬けるの、こっちは七月にはいってからだよ」と驚かれたと聞き、一カ月も違うんだと南北に長い日本列島を思った。

漬け込んでから、毎日蓋を開けて覗いた。汁の中に指を入れ、なめてみる。思ったより辛い。もっと甘くなくていいのか気になり始め、次の日もその次の日もなめてみた。何かの量を間違えたのか、急いでレシピを見る。「しまったこれだ」。梅五キロに対してカップ一杯半の梅酢を使って紫蘇の色を出すのに、これを見落とし、倍の量を使っていた。だから辛いんだ。どうしよう。初挑戦なので一キロでやればよかったのにと悔やまれた。

毎日味見する私に、「どうか」と夫が尋ねてくる。

「酢の量を間違ったみたい、辛いのよ」

私は、味見した指を見てため息をついた。

「初めてだから仕方ないが。失敗は成功の基」と、慰めてくれた。

友達に辛いことを話すと、

「今から砂糖を足しても駄目じゃろか」

そこで翌日、さらに一キロをまぶすようにして入れた。うまく漬かったら、来年梅を友達にあげる時にレシピも一緒にと思っていたのだが……。

さらに数日後、食べてみた。福島からの甘い梅干しには遠く及ばないかとも思ったのだが、確かに甘い。来年こそはと壺の蓋を開けながら思っている。

十日間で五十二話

私はブックオフという古書店にはよく行く。一方、自分たちの出演しているコーラス演奏会のＤＶＤは見ても、ＣＤやＤＶＤのレンタルをしている店には行ったことさえなかった。

ところが、今私は、韓国歴史ドラマにはまっている。以前、ＮＨＫで「イ・サン」を見たのがきっかけだ。その後『朝鮮王朝史』を読み、さらに『韓国時代劇が十倍楽しめる！』と銘打った本、三冊を買い求めた。このことで益々歴史ドラマにのめり込んでしまった。その結果がＤＶＤのレンタル店行きである。

平成二十四年の一月最後の日、初めて店に入り、二階に上がる。邦画、洋画、アニメ、キッズ、海外テレビドラマなど、ジャンルの表示板が天井から下がっていた。店内にいる客らしき十人ほどの人達はというと、男女半々で、年齢は殆どが四十代以上に見えた。私は、若者が多いと思っていたので、予想が外れたと同時にちょっとほっとした。

私は韓流と書いてある場所に行った。あるある。たて七段ほどの棚にズラリと並んでいる。「朱蒙」「風の絵師」「イ・サン」など知っている題名のものがまず目に入った。よく見ると、レンタル中という表示があり、ケースだけのものも多い。私が読んだ三冊の本の中で、「これを見ると朝鮮国以前のことがよくわかる」と紹介されていた「龍の涙」は見当たらなかった。先ずそこからと思っていたので、ちょっとがっかりした。

韓国ドラマは放映回数が多い。日本だと大河ドラマでも五十話までには完結するのだが、百五十話続くものもあるというから驚く。私はあれこれ眺めていたが、巻数の途中がレンタル中のものは前を借りても止まる可能性が出てくる。つまり、他の人からの返却を待つことになる。それは避けたいと棚を探していった。目に留まったのが「王妃チャン・ノクス」。

一枚目のケースの裏を読むと、朝鮮王朝十代目の王、燕山君の前後の話だ。この王の母は廃妃となり、王自身は暴君として知られている。私はそう捉えていたので、面白そうだと思った。一枚に二話入っている。二十六枚で完結だった。途中も抜けていない。よしこれだ。私は一階に降りて会員手続きをすると、その日四枚を借りた。

帰って早速見ようとしたが、初めてのことでプレイヤーの操作に多少手間取った。が、すぐ慣れて、夕食準備の前、食事後、入浴前など、時間を見つけて見ていった。レンタル料は一枚百円、期間は七泊八日なのだが、私は一日おきに返しては次を借り、を繰り返し、十日間で二十六枚、五十二話を見終わった。

王朝の仕組み、重臣たちの役職名、上下関係など、なかなか理解できない部分もある。その時に役立つのが三冊の本だ。派閥による争い、王を巡る動きなど、日本の武家社会、そして現在の政治と重なる部分も多いように思えた。権力者の意に反することが起こると、捕えて拷問、流刑、斬首など、残酷、悲惨な場面もある。完全に史実に基づいている部分とフィクションの部分があるのは当然のことだと理解している。日本でいえば、信長、光秀、秀吉、家康というこの流れも今迄に多くドラマ化されているが、その歴史の流れの末に現在があるのは韓国も日本も同じだという想いに至るのだ。

暫くはレンタル店通いが続きそうである。

地域の中で

「こんにちは、きょうはボク、おじいちゃんとおばあちゃんと三人で来ました。よろしくぅ」

机の上に、座ったような格好で現れた腹話術用のお人形に、会場からかわいいねぇの声も漏れ聞こえてきた。これは、私の住む地区の人を対象に開かれた「ふれあいサロン」という催物会場でのことだ。

私がこの地区に住むようになったのは、昭和五十一年のことだ。その年は、長男が小学校に入学した年でもあった。周辺の一戸建ても、世帯主の年齢がほぼ同じぐらいで、子供たちの年齢も近く、子供会や、ＰＴＡ活動で顔を合わせる行事が多かった。その繋がりで、数家族でのキャンプに出かけたりもしたものだった。

が、年が流れるにつれ、子供たちは家を離れ、私も次第に高齢となり、高齢者を対象とした行事に声がかかるようになった。

地区では、以前公園で祭りが催されていたが、ここ数年実施されていない。代わりにというわけでもないだろうが、老人クラブの活動が活発化してきているように思う。敬老の日は、七十歳以上の人達に会食案内が来て、不参加だと自宅に記念品が届く。

私達夫婦にも老人クラブへの勧誘があった。夫は、「食事会に行ったり、温泉、花見といったことをしてる暇はない」と、はなから相手にしない。確かに夫は季節ごとの色々な仕事に忙殺されている日々もある。私はというと、趣味のコーラスをはじめとして、昼間は家を空けることが多い。

昨年、東日本大震災があり、各種報道を通して多くのことを知り、考えることも多かった。年末には「絆」という文字で一年が表され、改めて身近なことを見直す日々が続いた。

地域のつながりが大切なことは分かっている。けれども私は、何かの団体に属していながら、会合があっても出られない状況が続いて迷惑をかけるより、初めから参加しない方がいいという考えで今まで来ている。

そんなある日、回覧板で知ったのが「ふれあいサロン」の実施だった。私は自分の予定を見て、都合のつく日だったので申し込んだ。重ねて地域との繋がりに欠ける自分を反省する意味もあった。

「夢創り人」という生涯学習ボランティア団体の女性による腹話術は「笑いが一番」ということで始まり、次いでマジックで楽しませてくれた。計画ではご近所さんとのおしゃべりタイムも組まれていたが、これは取れなかった。ただ少しでも繋がりが出来ればと出かけたので、私は進んで隣の席の人に話しかけたり、顔を見合わせて笑い合ったりした。

この会の中で地区の世話人の方が、隣保班という言葉を数回使われた。年代によっては分からないかもしれないと思って聞いていた。

それから数日後、私は「隣組」という大変懐かしい歌をテレビで聞いた。

とんとんとんからりと隣組

地震に雷火事どろぼう

互いに役立つ用心棒

助けられたり助けたり

「隣組」というのは、日本の昭和初期において戦時体制の銃後を守る、国民生活の基盤の一つとなった、官主導の隣保組織であるという。今はこの歌に見られるような助け合い繋がりは失われてきているように思える。

テレビニュースでもアパートでの孤独死、餓死などが流れる。それも死後一カ月以上経って見つかったものなどもある。その折、近所の人のインタビューで「このところ姿を見ない、郵便物がたまっている。でも電気メーターが動いているので大丈夫だと思った」と言っていた。

私自身が積極的に繋がろうとしていないことを反省し、回覧板を回す人たちとの繋がりをはじめとして、散歩の途中ですれ違ったら先ず挨拶をしようと心に決めた。

あとがき

今回、エッセー第二集となる『ゆきつ もどりつ』を発刊することになりました。

第一集の『凮のとおり道』は、エッセー教室での平成十八年から二十年までの作品を収めたものでした。その際の「あとがき」でも触れましたが、題材は生活の周辺に起こったことが殆どです。今回もそれは同じです。

日々何気なく過ごしていても、心に残る出来事はあります。興味関心を持ったこと、立ち止まって考えたことなどが主です。たまにキラッと閃いて、「あ、このことを書きたい」と思うこともありました。

しかし、文章にして教室に提出すると、やはり説明が多く、自分の考えを押し付けようとしているとの指摘を受けます。それでも書くことの好きな私は、原稿用紙に向かって来ました。

今回の作品は前回の続きから平成二十四年三月までのものです。したがって作品の中に郵便切手の価格が、五十円、八十円とあったり、シニアの映画入場料が千円であったりというように、その時点での事実をそのまま綴ってあります。

月日の流れと共に世の中の様子も変わってくるのは当然のことなのでしょう。書き残すことで、あの時はそうだったのよねえと懐かしむこともできますが、今の様子を伝えることも大事だと思います。次作は最近のものを中心に出来たらいいなあと夢見ています。

今回も沢山の助言を頂いた、エッセー教室の杉谷昭人先生に先ず感謝の意を表したいと思います。と共に、鉱脈社での編集作業でお世話になった小崎美和さんはじめ多くの方々に厚くお礼申し上げます。

平成二十七年五月

著者

［著者略歴］

中武 千佐子（なかたけ ちさこ）

昭和15（1940）年　9月生まれる。
昭和38（1963）年　宮崎大学卒業後公立小・中学校教諭となる。
平成7（1995）年　退職後、「宮崎はまゆうコーラス」に入団。

著　書：自分史『だんだん服』（2006　鉱脈社）
新聞投稿文集『心の窓』（2012　旭タイプ工芸社）
エッセイ集『風のとおり道』（2014　鉱脈社）

現住所　〒880-0952
宮崎県宮崎市大塚台東1-26-1
TEL 0985-47-2758

エッセイ集　ゆきつもどりつ

二〇一五年五月十五日　初版印刷
二〇一五年五月二十五日　初版発行

著　者　中武 千佐子 ©
発行者　川口敦己
発行所　鉱脈社
〒八八〇-八五五一
宮崎市田代町二六三番地
電話　〇九八五-二五-一七五八
郵便振替　〇二〇七〇-七-二三六七

印刷
製本　有限会社 鉱脈社